ジョージが射殺した猪

まえがき

　英祖王は琉球王国二代目の英傑の王と言われていますが、城跡や墓の周辺は沖縄戦の激戦地でした。終戦後何年も、焼けただれたような岩と岩の間ギンネムしか生えていない、この高地に米軍がテント幕舎を設営し、戦時中方々に避難した住民が収容されました。テント集落の時代は、四、五年間のようですが、一九四七年生まれの私の生誕地もこの一張りのテント幕舎です。琉球王国発祥の「聖なる」地でもあり、米軍の占領、収容という「屈辱」の地でもあります。この高地は何年か前、ハリウッドの「戦争」映画になり、評判を呼びました。

　私は二〇代半ばに沖縄本島北部の結核療養所に入りました。スポーツ青年、冒険青年の闊達な日々が、一日中静養するという日々に変わりました。体を思うように動かせず、沈思黙考し、雑文を書き始め、単調な日々にめりはりをつけました。

　一年後に退院した私は真っ先にカーミージーという家の近くの、亀の形をした大岩に出かけました。少年時代、皮膚がむけ、再生し、またむけ、というほど直射日光の下、遊んだ海です。この生命力に満ちた日々が、私に迫ってきました。

　あのころの自分を思い起こし、「海は蒼く」という百三〇枚の処女作を書きました。

文学研究者の多くはあらゆる作家の処女作、初期の作品にも注目しているようです。最近とみに来島する韓国、中国、台湾、米国などの文学研究者から、又吉さんの初期の作品が読みたいが、入手できない、と言われます。四〇年以上も前に出版された作品は絶版になっています。浦添という、とても小さいエリアを書いた小説に本土のみならず、遠く外国の人も関心を抱いています。私もいささか興奮し、どうにかならないものかと常々思案していました。

このようなある日、燦葉出版社の白井隆之氏から短編集出版の話が出ました。「渡りに船」という（この場合軽い）言葉ではとても言い表せないような感銘を受けました。自分のためでもありますが、人の役に立てると思いました。燦葉出版社は大手出版社とは言えませんが、江戸時代の浮世絵を刷るような、職人の手触り（また、力強くノミをふるうような姿）が迫ってきます。出版された本をリュックサックに詰め、全国を行脚しているという白井氏の情熱がじわじわと伝わってきます。

何十もの私の短編の中から白井氏が七編を選定しました。四五年間本づくりを一筋にしてこられた白井氏は短編集の組み立ても熟知しています。神話的な珊瑚礁の海（「海は蒼く」）、伝統の力（「カーニバル闘牛大会」）、米兵、米軍の狂気（「ジョージが射殺した猪」）、独裁者の隠喩（「猫太郎と犬次郎」）、唯一の私小説（「努の歌声」）、沖縄戦の後遺症（「テント集落奇譚」）、琉球王国の悲劇（「尚郭威」）という作品群には沖縄（また琉球）の総体が網羅されています。

このような作品は私が目撃し、体験した事実です。中国を旅行した時、田舎の土の道や壁などは、少年期に身近にあった道や壁のように感じました。ヨーロッパ旅行の時は白人たちが少年期に身近にいた米兵を思い起こさせました。未知は人を不安にさせる。人は未知を既知の人物や事物に重ね合わせ、安心を得るのでしょうか。私の潜在意識が常に現実と重なろうとしているようにも感じます。例えば現代の米兵を書くとき、少年期に「体験」した米兵に洞察を加えるようにしています。

私が育った小さい浦添の原風景に、何かの拍子にひょこっと顔を出す千年間の人々の「精神世界」が詰まっていると考えています。特に初期の三作（の由縁はあとがきに記しますが）は原風景にショックや感動を受け、いわば即興的に書いたと自分では思います。私に想像癖があるからというより、原風景が私に想像を促す（想像さえ許さない過酷な現実が眼前に迫ってはいたのですが）何かがあるように思えるのです。

目　次

海は蒼く

珊瑚礁が化石になった狭い通路は満潮になると水深四、五十糎の底に沈み、全身をくまなく食い削られた大岩は、浜から切り離され、ぽつんと水面にとりのこされる。地元の漁民たちが「亀地（カーミージー）」と呼ぶこの岩は遠望すると亀の形をしている。甲羅が不格好に大きく、上方の獲物にくらいつこうと首をせいいっぱいにのばした、とうの昔に歩行を忘れた老いた亀の姿をしている。甲羅の後部あたりには海浜植物が密生している。強い浜風をもろにうけ、茎だけがめっぽう太く、枝や葉は小さく、少なく、根は岩の穴々にくいこんでいる。このような子供の肩の丈程の植物群は禿頭の後頭部に残っている親指一本分の髪の毛に過ぎず、点々と地に這う黄緑の雑草を除けば細かい鋸歯の岩肌が傍若無人に露わになっている。

少女はちょうど亀の甲羅と首の真ん中あたりに坐り、一日の過半をすごした。習慣になっていた。いつかの日に何気なく坐った場所、ただそれだけの理由だった。沖からの風が強く吹き、灌木の枝や雑草と一緒に少女の短い髪を乱す。

海は単調にみえた。いつまでたっても何も変化のない、来る波、帰る波。この規則正しい日常が永遠に続く。少女は気が遠くなりかける。私はあと五十年も生きながらえなければならないのかしら。少女はしきりに溜息をついた。年月よ速やかに過ぎ去って。私はすぐにでも老人になりたいの。珊瑚の温床の大小のクムイ沼がかなり沖まで拡がっている。青くうねる波は加速度をつけ、岩々に激突する。岩は海面下を極端に削りとられ、きのこ形になっている。波がひき、次の波がおし寄せるほんの数秒間、海面が透明になり、底がのぞける。尖った岩床や珊瑚礁の固まりの間に形が様々な黒い穴があいている。青色、黄色、山吹色、橙色、濃緑色の縦縞や、横縞の熱帯魚が泳いでいる。強い陽が水底まで届き、青い水に白い光の輪が一面に連鎖しながらゆらめいている。みつづけていると目が疲れる。少女はまばたきがほとんどなく、口がかすかに開いている。裾がなびいている白いセミスカートの両膝をかかえ、坐り続けている。海とも空ともつかない沖のほうをみている。何気なく老人の舟が帰ってくるのを待っている。何気なく、またクムイに目を落とす。強い波がくる時、魚はどうするのかしら。ふと少女は思う。穴にもぐるのかな。「亀地」の周囲は熱帯魚が多く、島の子供達が釣りをしているのを何度も少女はみた。子供達は少女の傍を通ったり、傍に坐ったりしても、少女を一向に気にしなかった。少女は、子供達の一部始終をまばたきも忘れてみつづけた。……何の心配もないんだわ。子供達は大人のように魚が釣れるのを待ったりはしない。竿をしきりに動かしたり、釣り場を変えたり、岩のくぼみに竿を固定したまま、かけ足でどこかに行ったり。そして、たいてい小一時間もたてばひきあげる。少女は立ち、みはらしのいい甲羅の小さい瘤から子供達が遠くの浜の木立の中に消えるまで見送る。急に淋しくなる。音がなくなり、不気味な静けさが蘇る。少女はようやくの思いで元の場所に坐り込む。また、海をながめる。静けさを求めてこの島に来たはずだわ。自分に言いきかせる。子供達が来る度に少女は同じことをし、同じことを思う。

波は白く、そして岩にぶつかって白く砕け、しぶきを力いっぱいに飛ばし、そして引く時に白い泡を立てる。少女は、洗濯機の石鹸の泡を連想する。波は大群だ。海面の方々に群をつくり、襲来する。砕けてもあとからあとから湧き出て、攻める。沖の遠くに小さく見えていたものが次第に群れ合い、合一し、巨大なうねりとなり、低く太い音をとどろかせて急迫してくる。波は、ふいに海中にひきずり込まれるように感じる少女をはねかえす。油のように音もなく静まりかえっている海は少女を忘我状態にし、投身の衝動を強くさせる。猛進し、激突する波は全てをうけいれない傍若無人の有様を呈していた。常に波が荒い、この岩場を少女は嫌いになれなかった。微妙ではあったが、こころやすまる思いがした。

少女が投宿している宿は渡し場近くの小高い丘にあった。一階が食堂を兼ねた雑貨店で二階は宿泊室に宴会場を兼ねていた。主人の老夫婦は六畳ばかりの和風食堂で寝起きをしていた。鉄筋コンクリート造りの建物は白いペンキで塗りたくられ、ひさしの上の壁に美里食堂と黒く大きく書かれている。壁の表面は濁った黄色や薄茶色の染がにじんでいるが、少女はこの建物をみる度に、目が痛むようなまぶしさをおぼえ、強く顔をしかめ、閉じた目の上を手で押さえる。垣のカンナの花の向こうにも、少女の部屋の窓越しにも海があった。白い建物の後ろにも、上にも空がきりがなく拡っていた。深い蒼さのまっただ中に白い建物があった。

六月のなかば、少女は日に三往復する渡しのポンポン船に二時間ばかしゆられた。最終の便だった。海は凪だった。海上に散在する無人の大岩は黒く、形がはっきりしていた。夏の陽は薄暗い入道雲のすきまから弱い光をもらしていた。雲の天辺は黄金色にふちどられていた。海面はおだやかな赤みがかった黄色に変ってきた。何人かの老人や中年の女が屋根の下にもぐり、身動きもせずに坐っていた。少女は甲板に出、船室の壁にもたれて立ち、船の進む方をうつろにみていた。周囲で子供達がはしゃぎ回っていた。船の機関が単調な音をくりかえした。美里島の海浜が白くぼんやり浮び出ていた。近づくにつれ、阿檀の群生が水母のような細長い葉を顕現してきた。小島の湾は鷲の喙のように細長く、岬から船着場まで百米程の距離がある。珊瑚礁がいたるところの海面すれすれにつくっているのが暮色でもわかった。船は川のようにくねっているどす黒い深みをすすんだ。船着場は数十個のドラム缶をねかせ、その上に固い板をうちつけた細長い筏状のものだった。両脇から長い鉄ロープが二本のび、防潮林のモクマオウと鉄の杭に二重にくくりつけられていた。水かさに応じて浮び上がり、船とちょうどいい高さになる。船の客は我先きにと橋桁に移った。船着場にいた数人の男達が果物の箱や、ジュースや罐詰のケースをあわただしく降しはじめた。少女は前方だけをみ、前の群れの後につきゆっくり砂浜を登った。

少女は夜中や明け方に目が醒めた。癖になっていた。夏ぶとんをたたみ、窓の薄汚れた黄色いカーテンをあけるのはきまって昼すぎだった。部屋の唯一の窓は東向きだが少女はまだ、朝日をみていない。夏の陽はおだやかな低い山々の稜線をほんのりと染め、やがて灼熱と化し硝子の破片のような白黄色が大空に拡がる。水平線から入道雲が幾百も力こぶを固めて湧き立つ。時たま、浮いている雲に陽が消される。急に視界がはっきりする。濃緑のモクマオウ林と砂浜の白が湾をくっきりと縁どる。海は波がなかった。種々の海の色が濃く淡く、散在する大小さまざまの珊瑚礁や大岩をとりまき、黙っていた。小さい入江が曲がりくねりながら島の果にのびていた。空は深く、青い。少女は窓際に立ち、髪にヘアブラシをいれながら、水平線のあたりをみている。長い間、そのしぐさを変えない。やっとの思いで洗面用具をもって庭におりた。水道の蛇口は一階の台所と庭に一口ずつしかない。少女は台所の水は使わない。老夫婦と挨拶をかわすのがわずらわしい。蛇口の栓をいっぱいにひねる。水の出は悪く、シュルシュルと音がする。歯磨粉をたっぷりとつけ、少女は歯を磨く。手の動きが小さい。水が洗面器からあふれ出したが、変らず遠方をみながら白い歯磨粉だらけの口の中に歯ぶらしをつっこんでいる。薩摩芋畑との境にカンナが植えられていた。ちょうどさかりで多数の真赤な花の蕾が空の青さに突き刺さっていた。蛇口の近くの五、六輪のひまわりが鮮かだった。

昼食時間はとうにすぎ、食堂に客はいない。洗顔をすませ、草に坐っていた少女は腰をあげ、裏口から台所を通り、食堂に入った。痩せた小柄の老女がせわしげに食器を洗っていた。少女をみた。仕方なしに少女はうなづいた。「今な」と男とも女ともつかないしわがれた声で言い、老女はすぐ食器に目をもどした。皺が特に目の周囲に集り、若い時はかなり大きくうるおっていたであろう目が、大きさのゆえに一層、醜悪の感じがした。灰色の髪をおかっぱのように短く切り、いつも袖なしの白っぽい厚地の、ちょうどシュミーズ形のワンピースを着ている。少女にはしかし、老女の残像はほとんど残らない。首筋に汗をにじませていた老女は茶碗を洗い終り、一つ一つすばやくふき、同じふきんで首筋をふきながら「何食べたいな」と卓袱台にほほづえをついている少女を見た。少女は食べたいものがわからず、「おかずね」と小さく答えた。老女は「おかずだな」と少し声を強めた。少女は身動きしなかった。

少女は「亀地」のこの場所以外には坐らない。いつのまにか、ここに来、いつのまにか坐っている。今度は、今日は、どこそこに座ってみよう、行ってやろうとする意志をすっかりなくしている。少女が宿から「亀地」にたどりつき、そしてもどる道順は初めの日以来、同じだった。歩調も変わらなかった。足が勝手気ままに力なく、動く。特に疲れはないが、おっくうな気分はたえず漂っている。

この日課が始まってすでに二十日がすぎていた。今夕も昨夕とは変らない。少女は絵をみている感覚から抜け切れなかった。広大な夕焼け。重油のような凪。岩や防風林や低い山の陰。日が暮れかかると、水面で乱反射する光が和らぐので、小魚の遊泳はかえってはっきりする。少女はぼんやりと目をおとしている。つめたくないかしら……。漠と思う。海水を触れたくない。子供の頃は浜に来ると無我夢中で水をすくったり、かきまわしたりした。しかし、反面、全身をびっしょりと水に浸してみたい。大声で応援歌調の歌を歌ってみた。半分も歌わないうちに声が出なくなってしまう。今度は小声で思いを込めて哀愁歌を歌う。次第に声は消えいり、一層切なくなる。

いつもの時刻になるといつものように漁師が帰ってくる。音もなく、沖に黒い点があらわれた。少女がぼんやりみつめているうちに、黒い点は急に舟になっている。いつのまにか小舟は四隻五隻と増えている。まだ凪は切れない。エンジンの音が明瞭になってきた。音は広い海面に吸収されて残響にならない。歯切れがよく、耳ざわりがしない。少女はうわのそらだったが、何の目印もない海洋に出て、決った時間になると間違いなく帰ってくるのが珍しかった。みんな何をしてきたのでしょうと少女は思う。毎日必ず一度はそう思う。

舟は次々と浜にあがった。漁師達は手早く舟をかたづけ、荷をおろしはじめた。少女からはかなり離れている。顔の形や姿態がみんな同一にみえた。同型の影法師が動き回っているようにみえた。みんな、なんであんなに動き回るのでしょう? 私も力いっぱい動き回り、汗を流せば何かが剥がれるかも知れない。しかし、水銀を全身にのせたようにけだるいのはどうしたのかしら。中学生の頃の理科の実習を思い浮べる。友人がはしゃぎながら、一粒の水銀を少女の手のひらに乗せた。一番重いものは鉄か石だという先入観念があった少女は思いもかけない重量に驚いた。動き回りさえすれば……。頭の奥でかすかに感じる。しかし体に力が入らない。指一本動かすのさえおっくうだった。漁師達は、二、三組連れ添って帰りはじめた。

こころなしか、老人の舟は弱々しく、速さも遅い気がする。老人は大方の漁師とは離れて舟をつける、そして決まって最後に戻ってくる。少女はいつの間にか気づいていた。朝、出るのが遅いのかな。少しの時間でも長く家を出ていたいのかしら。年とって家族から邪魔者扱いされているのかしら。浜には二、三人の漁師が残っていた。舟は砂にあがり、音が消えた。黒い小さい老人が音もなく動く。海上には誰もいない。老人は何しに行ったのかしらと少女は思う。あのように年寄りなのに。あのように果てても知らぬ未知の世界にたった一人きりで。他人と話したり、行動したり、生活したりするのが煩わしくなって、この離島に来たはずだわ。だが、やはり、私は一人ではいられない気がする。小さい舟に乗って一人で陸地を何時間も離れるなんて私にはできそうもない。老人がただものではないような気がした。数日前までは老人を毎日見ていて何も印象に残らなかったのに。昨日からは、老人と気が合うと思い込むようになり、古くからの知人だ、この世で唯一の味方は老人だと一人合点をするようになった。そのうち、いろいろと空想する。——このように思い描いた姿も少女の頭を一人でに駆け回わった。老人がさらってくれればいい。海辺に坐っている私を強引に小脇に抱え、舟を遠く沖に出せばいい。私は何の抵抗もしないはず。じっとおとなしくしていよう。もし、海にほうり投げられても悪あがきはよそう。どうせ私じゃ勝てっこない。よしんば勝ったとしても私に舟を陸まで漕ぐ力はない。なりゆきにまかせて漂う小舟にのっかって救助を待つにしても一、二時間さえしんぼうできない。老人が殺したいと言うのなら、私は死ぬ以外にない。老人が私を裸にしようと一向に私はかまいやしない。私から老人にしがみつきはしない。私は全身の力を抜き、なすがままにされる。老人は私から一切を奪っていい。老人に征服されている疑似状態に少女はいいしれぬ快感をみいだす。老人はやがて、舟の後始末を済ませ、竿や手荷物を持ち、帰りはじめる。少女の方に向いて歩いてくるが、まだ遠く、顔の形ははっきりしない。少女は目をこらしみつづける。次第に近づく。やっとみわけがつく。〈老人〉に間違いなかった。私は正しかったのだわ。少女は胸をなでおろした。老人は砂を一歩一歩踏みつけ、力強く歩んでいるようにもみえるし、たれた両肩やうなだれた首に老いと疲れがでているようにもみえる。老人は少女に背を向け、やがて阿檀の群生している間の小道を抜け、部落にはいった。しばらく老人が消えたあたりをみつめていた少女は深い溜息をついた。

老人が帰ってきた。黄色い油のような海だった。風は止まり、阿檀の細長い幾千の葉がくっきりと浮んでいた。湾に頭を出している、形が多様な岩は黒かった。太陽は灰色がかった入道雲にのみこまれて形はなく、多彩の、しかし、しっくりとした光が残っていた。東の上空からようやく闇が近づいた。老人の舟は最初、岩と見分けがつかなかったが、浜に近づくにつれはっきりと動き出した。エンジンの音は少女の耳に届かなかった。漁をおえたほとんどの舟が帰港していた。老人の舟は他の舟と何ら変わりはなかったが、少女は老人が進む海路をおぼえていた。だから、湾に入りさえすればすぐ識別できた。

「亀地」から浜に渡る時、スラックスの膝まで濡れたが気にならなかった。老人の舟が湾口にはいると同時に、舟を引きあげる浜をめざして懸命にかけた。なぜかけるのか少女も知らなかった。かけている最中にかけているのは確かに自分だと感じたが、すぐ忘れた。ゴム草履を深く砂にもぐり込ませながらも一直線に走った。水溜りを避けなかった。スラックスがまた濡れた。湾内は遠浅なので、満潮時をみはからって帰ってこなければひどい目にあう。老人の舟は少し時間を間違えたようだ。潮は充分に引いており、水際から十米も先で舟は砂地にのりあげていた。老人は二度三度、竹の竿を取りだし舟を進めようとこころみるが、舟を動かすほどの水はない。真近でみると舟は思っていたほど小さくはなく、ゆうに四、五人は乗れると少女は思う。しかし遠い海と対比すれば、生きて帰れない気がする。老人は舟を降り、押し始めた。少女は息をついて浜に立ち、老人の様子をみていた。舟は進んでくるようにはみえなかった。少女はまだ息が整わないうちに、舟にかけ出し、老人と並んで舟を押した。しばらく不審そうに少女の顔をみ、押す力を抜いていた老人は、少女にききとりにくい声で何か一言いい、両手に力を入れた。少女に押す場所をあけわたさなかった。少女は老人の左側の狭い箇所を押した。長年、潮にやられた老人の濁声を初めて聞いて、少女の痩せた腕に必死の力がはいった。舟はほとんど動かず目的地をみると少女は深く息をついたが、押す努力はやめない。草履の紐がはずれた。裸足になった。砂にもぐり込む足を力いっぱいに抜きとる行為はたまらない快感だった。老人の腕がみえた。筋肉だけの腕は黒褐色に焼け、血管が浮き出ていた。老人は自分を邪魔者扱いにはしない。今、知った。老人の舟に近づいた時、迷いはなかった。夢遊病者のように老人に近づいた。私は老人の役に立つ人間だと少女は感じ、動悸が高まった。

半ズボンと白シャツを着た二人が小走りに走ってきた。若い男達だった。何か言いながら舟に迫る。少女は不安を感じた。短身の肩ががっしりとした男が「どいてろ」と太い声をだしながら少女の腕を押しやった。少女は二、三歩よろめき、半分はわざと尻もちをついた。すぐさま水気が下半身を浸した。少女はそのまま坐り込んでしまった。顔から血が引くのがわかった。すぐ、胸がむかついた。二人の男の顔の表情や一挙一動に残酷さを感じた。人間なんてみんな死ぬものにすぎないのになぜ残酷になれるのでしょう。どんな人間でも必ず一人で死ぬのに。急にいたたまれなくなった。一瞬、この二人の漁師を許せる気がした。が、すぐ胸はむかつき、この人なんか鮫に喰いちぎられてしまえと本気で思う。我慢ならない。この場から逃げだしたい。二人の剛健な若者の皮膚に爪をたて、歯で噛み、髪をむしりたい。できない。益々追いつめられる。何に対しても長い躊躇をするのが癖になっていた。喜びも怒りも発作的にはでない。この若者達は私に悪意はないのよ。少女は自分にいいきかせる。だが、若者達の横顔や背中をみるだけで胸のむかつきは一層ひどくなり、吐きけさえ感じる。すぐ帰って。少女は願った。必死だった。みるまいと決心するが、目は彼らにくぎづけになった。半ズボンから出ている松の根のような太い足に無数の真黒い毛をみた。ゲッと大きく音がし、喉が痛んだが、吐物はでず、唾液がしきりに口の中にたまった。

男達は調子をとりながら気合をかけ、徐々に舟を押しあげた。舟の元綱を打ち込んである杭にくくりつけ、錨をおろし、作業は完了した。その間、数分にすぎなかったが少女は一時間ほどにも感じた。この場にいるのがきつかった。少女は立った。男達は老人に言葉少なく話しかけ、来た方向に歩き去った。老人は竿や魚を舟から降ろしはじめた。少女をみなかった。少女は老人を向き、音をたてぬように、たちすくんでいた。老人は荷物をまとめ、肩にかつぐと、少女に小さくうなづき歩き出した。少女は深い安堵をおぼえた。ただ、急だったので会釈をかえせなかったのを悔いた。力強く、砂を踏みつけ、去り行く後姿をみつめる。なごりおしかった。しかし、老人の後を追わない。少女は浜にあがり、老人が遠くの闇に消えるまで目をそらさなかった。老人は弱々しい。若者はだめ。少女は思う。強すぎる。他人の心を考えない。人間は弱者にならねば弱者の気持ちはわからない。それから女もだめだわ。女は蛇のような強さがある。年老いた男にかぎる。昔、強かったものにかぎる。

その後、少女は老人の舟に乗ろうか否か、迷った。十数日、やはり「亀地」から眺めるだけだった。老人なら私を救ってくれるかも知れない。少女は最近とみに思う。感謝の念で涙がにじんだ。あの老人のためなら何でもしよう。老人に支配されたかった。相も変らず、少女の思考はとりとめがなかったが、性の妄想が若い女の肉体から生じた。私の白い体。彼の黒い体。私の柔らかい体。彼の固い体。私のしとやかさ。彼の獰猛さ。二匹の動物が交尾する。汗をかき、表情を思いのままに崩し、あえぎ、体全部を相手に密着させる。心理も感情も思考も何もない。本能の運動だけ。砂の上で、砂を飛ばし、砂にもぐりながら。砂がいっぱいついた老人の固い手が荒々しく私の……。私は軟体動物よりもくねる。そして、済んだら、死んだように砂にあお向いて深く寝よう。何時間も、何日も――。つかのまの陶酔だった。少女はすぐ打ち消した。

少女はかつて昼四時に「亀地」に坐る習慣だったが、近ごろは三時すぎに変っていた。老人が来るのが待ちどおしかったが、特に時間を長く感じるというわけではなかった。妙な感覚だった。

海浜は毎日が変わりなかった。広大な海も、空も青く、夕陽が荘厳で、そして、幻のような浜の帰漁風景。風が強く吹き続け、少女は心地よい気分でいたが、ふと心が沈んだ。

もし、老人が私の思っているような人間でなかったら……。老人の舟に乗り、老人の弱点を知るのが恐くなった。失望したら私は生きておれないかも知れない。小さいものをあたたかく抱いて、勝手によい方に考えて自己保身をする傾向があった少女は今度も老人をあたかも自分を救ってくれる偉大なものと考えていた。少女は長い間迷い、悩んだ。何度もうち消し、再び、再三うち消した。ようやく、観念だけで老人を心のささえにしちゃいけないと判断した。このままでは空虚な気持は以前と変わりない。今日も漁師達や、そして老人が帰ってきた。——どうしても乗ろう。少女は決心した。自分で自分の身の振り方を決めたのはほとんど一年ぶりだった。明日だ。日にちも決めた。

少女は浜で老人を待った。夏とはいえ、夜の明けない海岸は冷たく、少女はたてた両膝に顔を埋めるように背中を丸めて、砂に坐り込んでいた。星はまだ多かったが、すごく高く、しかも中天に固まっているせいか、地表は暗かった。帰るところがどこにもないというなげやりな気持が少女を二時間あまりもじっとさせた。寒さが感覚を麻痺させ、にっちもさっちもいかない思いわずらいを薄めて、普段より居ごこちがよかった。海辺に着いたのは早すぎた。漁師達は朝が早いと何かでおぼえていた少女はいつもの癖で夜中に目がさめ、そのまま出てきた。宿に帰ろう。浜辺を、部落をさまよい歩こう。何度も少女は思う。しかし、腰や尻が重く、身動きさえ思うようにはできない。

五十米程先に淡い火が燃えだした。少女は胸の鼓動が激しくなるのを押えきれない。人魂。海で溺れ死んだ人の魂がさまよいでた。死ぬのはいやだと気も狂わんばかりに叫びながら死ななければならなかった遺恨をもった人の火玉。

カンテラの火だった。午前四時少し前、老人はカンテラの火をたよりに釣竿や大きな袋を持ってあらわれた。満潮だった。水は杭にくくりつけられた舟に触れていた。老人は少女に気づかず、少女の手前数米のところを横切って舟に進んだ。丸い薄明りの周囲で老人は荷を積んだり、点検をしたりした。少女は坐ったたま、老人を注意深くみていた。しかし、すぐなるようにしかならないとやけっぱちの気持になったりし、変らずみつづけてはいるが、どこかうわのそらだった。老人は杭から元綱をはずし、舟を水に押しはじめた。水は未だ浸っていない。舟はなかなか動かない。

少女は立ち、ゆっくりと老人に近づき、背後に立ちすくんだ。しばらく老人は押し続けたが、ふと、気配を感じ、顔だけ振り向けた。瞬間、老人が驚いたように少女は感じたのだが、暗く、体の輪郭しかわからなかった。身動きもせずに老人は目を凝らす。少女も身動きしない。老人は静かに舟の上においてあるカンテラをとり、正体不明のものにつきつけた。弱い赤黒い光に少女の亡霊のような上半身が浮き出た。「おじいちゃん」少女は口だけを弱く動かし、恨めしげな声をだした。「誰やが」老人の声はいささかもうわついてなく、かえって、おしがあった。「私をおぼえてる?」早口で少女は言った。昼夜、老人に意識が集中していた。だから少女は老人と親密な仲であるような錯覚におちいっていた。

「私よ」老人は少女を凝視し、ゆっくりうなずいた。老人が私をみたのはただの一度きりのはずだわ。少女はわだかまりがとけた。

「おじいちゃん、釣りに出るの?」

声が気軽にでるようになった。

「そうさよ」

老人の声は荒れ、太く、重みがあり、喧嘩腰と勘違いされやすい。

「私にも手伝わせて」

少女は以前、老人の舟を一緒に押した事実を思い浮べ、言った。老人は向きを変え、舟に二、三歩進み、カンテラを中に置き、再び舟を押しだした。水がこころなしか増え、舟の滑りをよくしていた。だが、やはり、ほとんど動かなかった。少女は無言のまま、老人の脇に寄り、舷側に両手をかけ、老人の要領をみたりしながら懸命に力を入れた。少女のズックをはいた足首が砂にもぐった。老人は力を抜かずに押し続けている。舟が一歩前進しないかぎり、足は抜けない。老人はヒヤサッサとか気合をかけ一気に押す。何度か同じような気合を聞くうちに少女は、それに合わせ、同時に押すコツをのみこんだ。私の協力を許した——少女は気づいた。老人は私を役にたつと思っているのだわ。少女は勇気が湧き、たとい死んでも、この舟を動かさずにはおくまいとありったけの力を振りしぼった。舟は徐々に動き出した。二米も動かすと、先は水かさがかなり多く、これまでのような力をこめなくても、舟は容易に進み、浮いた。老人はまたいで乗った。少女を向き、大きくうなずいてから、竹の竿を砂地に立て、その反動で舟を進めた。少女はあわてた。水をはねて舟を追った。艫《とも》のへりにしがみついたが、足がもつれ、かなりの勢いで前のめりに倒れ込んだ。しぶきが音とともに大きくはねあがった。思わず両手でささえたので、顔はつっこまなかったが、首から下はずぶ濡れになった。老人はすぐ錨を落して、舟を降り、少女を抱き起こした。注意深く少女をみていたが怪我がないと知ると手を引いて浜にあがった。老人の体と接触したのだが、少女は不快を感じなかった。老人は少女の手をはなし、肩を軽く押し、濁った声で一言言い、急ぎ足で舟に戻った。ききとりにくかったが、少女は意味をつかんだ。着換えておいでと言ったんだわ。しばらくぼうぜんとしたが、老人が舟に足をかけると、かけ出し、水に入り、やっとの思いで舟をつかんだ。今度は少女の様子をうかがい舟を無造作に漕ぎ出さなかった。老人はしかし、きびしく少女をみた。

「漁に出るんろ」

「私も連れてって」

少女は負けずに強い声を出した。

「ならんさ」

「ね、一度でいいから、舟に乗せて、お願い」

少女の欲望は強くはなかった。少女はほとんど意識せずに声を出していた。しかし、演技ではなかった。声も顔も真剣だった。

「ならんさぁ」

老人は錨をたぐりあげ、竿をさし、舟を進めた。少女は必死に舟を離さず、舟に遅れないように走った。ぎこちなかった。今にも倒れそうだった。言葉とはうらはらに、老人はとまどった。三、四度漕いだ。なおも少女はおいすがっている。老人は漕ぐのを止めた。

「手、離せえ」

老人はこぶしをあげ、少女の手をたたくそぶりをする。少女は唇を噛みしめ、かえってしがみついている手に力を入れた。遠くにカンテラの火がともっていた。先程から、広い空洞にぶちあたった重い水の音響がいつまでも消えないようなかすかな音を少女は聞いていた。海鳴りとうつろに感じた。そのうち、水の流れに舟は次第に浜を離れ、海水が少女の胸をつたい、やがて首まで浸した。

「私、死んじゃうわ」

つぶやいた。老人は舟を漕がない。だが、少女を救いあげようともしない。少女をみつづけている。

「ああ……手も疲れちゃった」

少女は歩くのを止め、体の力を抜いたが、手は離さなかった。海の水は冷たい。少女は妙な快感を味った。ここちよい疲れだった。少女の行いが示威ではない、と老人は知った。

「どういうつもりやが」

感情がほとんどわからない声質だった。

「乗せて」

「ならんさ」

「なぜ?」

「なぜでもならんさぁ」

「お願い。一生のお願い」

少女の抵抗は執拗だった。老人は無理やりに少女の手をほどき全力で舟を引き離すか、少女を舟に引きあげるかの二者択一を覚悟した。

「なぜ乗るんか」

「乗ってみたいの」

「本気な」

「本気よ」

やりとりはまだ続いた。少女の声は苦しげになってきたが、語調はまいらなかった。わしが海に出るのは、法律だろうが世間様だろうがどんなものでも止めきれやせんだろ。同んなじじゃないか。女が出たいというんだ。わしが止めるなんてできない相談だ。今、このように老人がはっきりと考えたわけではない。しかし、このような、あるいは一人合点の考えはたしかに老人の血肉になっている。

出漁の準備に汗を流す海の男達の意気さかんな声が多くなった。これらの声を少女は海鳴りと聞き違えていた。仲間にみられたら気まずいというてれくささはなかったが老人は急いで少女の脇に手を入れ、舟に引きあげた。少女を前に坐らせ、老人はエンジンをかけ、艫の舵をとった。連発銃のような小気味よい音とともに舟は湾外に進んだ。

そのうち、少女はうすら寒さを感じだした。夜明け前の海上は浜より冷えた。舟は舳先《へさき》をあげ、上下にゆれながら、風を切って進む。前方に闇が深かったが、老人は右手を舵に置き、少女の肩ごしに何かを凝視し、確かな操縦で舟の速度をあげた。珊瑚礁や岩の浅瀬が多い湾内でも舟は速かった。

少女の薄いブラウスは肌にひっついていた。鳥肌がたっているのがわかった。冷たさがたえずぼんやりしそうになる頭を刺激し、覚醒した。少女は毎日、鏡に向いて坐るが、何も映していない。鏡に姿が映りはするが、それが自分だといいきれる自信がない。今、自分の体は自分のものだという妙な感覚を味わう。首から上は濡れていない。胸や腹部が気になる。舟に乗った時からずっと胸にあてていた麦藁帽子をのけてみる。一段と刺激が強くなった。全身をゆさぶるような刺激だ。何度も小さいためいきをもらす。少女は両足で麦藁帽子のつばを踏み、暗闇の中で光っているような老人の眼光を避け、背中を老人に向け、両手を乳房にあてた。そのままじっとする。そのうちに軽くもみほぐしてみる。性的な快感は強くはないが、二つの隆起の確かな手ごたえがつたわる。私は女なのだわ。静かな思いがこみあげてくる。少女は半ば我を忘れていたが、老人の背中を射るような気配は気になった。だが、老人がいなければこの暗い、広大な海で一人ぼっちだわ。少女はいいしれぬ身ぶるいをおぼえる。この老人は気がきかないわ。私は濡れたままなのに。ちぢこまっていた少女が動いた。老人は少女が濡れているのを気にしていた。

「服、脱いでこれでふけぇ」

首に巻いていたタオルを、片手は舵をつかんだまま、腕をせいいっぱいにのばし、少女に差し出した。少女はあわてて胸から手をどけ、老人をみた。夜目にはなれていたが老人の目はわからなかった。躊躇した。老人の体の構えは窮屈そうだった。少女は受けとった。

「これ、着れぇ」

すばやく老人は着ている濃緑のジャンパーを脱いだ。少女は受けとったが、親切だわと思う反面、この男は私の裸がみたいんだわ。男のこんな服なんか着れるもんかと意地を張った。少女は両手で一つずつ老人の品物の先をつまみ、胸に触れないように、腕をのばしていた。指先に力を込めた。強い海風が吹き飛ばしてしまう危険があった。老人は何も言わない。少女は腕や指に疲労をおぼえていたが、姿勢を変えなかった。舟は静寂を破って進む。やがて少女はタオルでブラウスをこするように何度もふき、ジャンパーを着た。

少女は前方をみつめていた。何か巨大な固いものにぶちあたらないか、気が気でなかった。今にぶつかる、今にぶつかる、こういう思いは出発の時から強弱はあれ、まだ消えなかった。このように長い時間進んでも何にもつきあたらないというのは信じがたかった。この舟は同じ場所を循環しているのではないかしら。後ろに坐っているのははたして人間かしら。動く様子もないけどほんとにこの舟に乗っているかしら。少女は振り向く勇気を失った。もし、この舟に乗っているのが私だけだったら、永遠に夜が続く。かいま真剣に思った。夜は必ず明けると子供の頃から経験し学習してきたのは夢かしら。泣いてもわめいても誰も助けてくれない。少女は身振るいした。老人が私にやさしくしてくれるのなら、私は喜んですべてを与えよう。すべて？　女の白い体が浮んだ。男にだまされて自殺する女なんて甘えん坊なんだわ。この舟に乗っている私が私でなかったのなら私は涙を流して感謝します。おじいさん、どうか声をかけてください。何でもかまいません。何か。エンジンの力強い音と舟の舳先がまっ二つに裂く水の鈍い音がかろうじて少女をささえた。無限の実感を少女は初めて味わった。老人はあくまでも無言だった。少女は日頃一日が長く、気の遠くなる気がしたが、この闇の時間は一段と深く、遠かった。舟が出て二時間もしないうちに朝は来た。

前方に水平線が急ににじみ、あたりが淡く肌色がかってきた。少女がみている間に、拡大し、それにつれ、雨降りのような陰気な濁った色に海は変化してくる。水平線近くの空に灰色の丸い雲や帯状の太い雲がはっきりしだす。遠い海面が薄黄色に染まった。水平線に低くのびていた薄暗い雲の上方に強い黄金色のふちどりがみえた。かと思うと、鋭い発光があらわれた。少女はまばたきもしない。陽は丸い形ではなく、みるみるうちに光は大きくなり、やがて雲の上にのしかかる。雲は焼かれ、薄くなり、次第に、ずっと上空に白い巨大な雲と透きとおった青い空があらわれ、拡がってくる。陽から舟に向かって海面を一直線にのびていた黄金のうろこに似た輝きが徐々にせばまっていく。それに従い、黒い海面は次第に青色づいてくる。だんだんと灰白色の積乱雲が澄んだ青さをめだたす。大海原が一面、まっ青になった。少女はみわたした。何の濁りもない無尽蔵の水が重そうに小さく波打っている。もはや空はみあげられない。あまりに白く照り輝き、眼が痛い。海の強い陽をみ慣れていたはずだが、やはり痛い。少女は妙なほとぼり(熱)がさめた。舟は真白い波をたて、変らず進んでいるが、情景は似ていた。少女が朝日を一部始終みたのは子供の時以来だった。不安は霧散した。

浜を出て四時間はすぎた。少女は船酔いをしだした。頭が重くなり、長い間、背を丸め、立て膝に両手をついて額をおさえこんでいた。やがて喉元が苦しくなり、唾液をしきりに飲んだ。顔がはれぼったく熱をもった、と思うと急に血の気が引き、ぞっとするような悪寒をおぼえた。必死に我慢した。気をまぎらわすために卑猥な想像を懸命に喚起しようとするが、すぐ、飛びちり、まとまらない。海に飛び込もうとする衝動をひっきりなしに感じた。意識はほとんど朦朧としていた。頭の深い底から死ねと命令する声を聞いた。目はかすんでいた。手探りで舟の縁を探し、せいいっぱいの力で縁の向こう側にころがりこもうとした。現実とも夢ともつかない、動こうにも絶対に動けないカナシバリに似ていた。頭を絞めつけられるような圧迫感を歯をくいしばって耐えた。気を失わなかった。徐々に「現実」をとりもどしてきた。自分の細い肩を荒々しくつかんでいるものに気づいた。老人の固い、節くれだった左手だった。突然、少女は胃の内容物がこみあげてくるのがわかり、老人の手をふりほどこうともがきながら、うずくまった。老人の万力のような五本の指は少女の肩にくいこんだままだった。少女の顔は充血していた。ぬるぬるとしたものが喉をあがり、口から底板に吐かれた。数度吐いたが、まだ、こみあげてくる苦痛は消えなかった。少女は食欲がなく、小食だったので吐いた量はわずかだった。胃液や唾液が十数回も出た。すっかり吐き出したのをみとどけ、老人はエンジンを切り、舟が十数米滑って動力を失うと舵を離し、少女の背中を右手でさすりはじめた。吐物の上に倒れ込みそうになる少女の胸に老人は左手を回していた。両の乳房を強く触れられていたが少女は何の感覚もなかった。なるがままになれという気さえなかった。老人は根気よく長い間さすり続けた。その間、黙っていた。少女は呼吸の乱れも、体中の熱っぽさも消え、ようやく、ひとごこちついた。老人は腰にはさんでいた手ぬぐいを海水に浸し、絞り、少女の顔をふいた。それから、吐物をふき、海水に洗い、何度か繰り返し、すっかり元どおりにした。「……すみません」まだ残っている嫌な気分のまま少女は言ったが、心はあたたまった。「誰でもなるやさ」と老人は言い、手ぬぐいを絞って、無造作に釣針などの小間物を入れる木箱の上に広げ、猎《やす》で押え、すぐエンジンをかけた。舟を浜に戻す気遣いは全くなかった。少女は老人から明け方借りた手ぬぐいを首からはずし、点検したが汚物はついていなかった。老人に返そうかとも考えたが、また首に巻きつけた。ブラウスはほとんど乾いていた。老人のジャンパーは暑苦しくはないが、思い出したように脱ぎ、膝に置いた。

海はどこまでも拡がっていた。何の障害もなかった。そして静寂だった。動きも音も変化もない、単調な平面。〈過密〉や〈雑踏〉が全くない。水の色は深い青だった。少女は凝視する。黒くなったり、濃緑になったりする。この広大な世界に魚だけが住んでいるとは思えない。何かいるはずだ。少女は考えた。頭が妙にさえた。この単調さの中には微妙な、そして、偉大な調和がある。少女は青い海面に白い巨大な禿頭の怪物が現れる予感がした。深い溜息をついた。この調和をばらばらにするものに制裁を加える守護神は必ず、この海の中にいるはずだ。きわめて大きな守護神。入道雲よりも巨大な守護神。次第に少女は、人間の差なんてあるといえるものじゃない。能力も姿も同じようなものだとひらきなおり、勇気が出た。人間と仲よくなれる気がした。

老人は舟の速度をおとした。機関の音は変りがない。今まで舟の中に飛び込んでいた水が消えた。エンジンを切った。老人は人の頭の二倍程の錨をかかえあげ、ゆっくり海中に沈めた。こころもち、舳先が上がり舟は固定されたが、それでも左右にゆっくりと動きを繰り返す。舟が水をたたくのか、水が舟にぶちあたるのか、歯切れのよい音が等間隔で続く。少女は振り返った。

「ここで釣るの？」

二米程の竿を調整していた老人は目をあげずにうなずいた。釣りは釣竿でするというあたりまえの事実があたりまえでないように少女は感じた。実際に魚が釣れなければば信じられない。妙な感覚だった。老人は中指二本程の大きさの赤黒い肉片を針にかけ、リールをゆっくりと回し、糸を垂らしはじめた。糸で慎重に海底を探っているらしく、何度かリールを回しては一、二秒回す手を止め、また何度か回し、止める。そして最後に何回転か巻きもどして糸を固定した。老人は竿をささえ、糸と海面の接点をみている。風が吹きすさんでいるが、変に水面はとろりと静まりかえっている。「なぎだおれ」とも違う。少女は、老人の気迫を感じ、舟の前方に向いた。四方八方、上下、雲を除けば青系色だけが果ても知れずに拡がっている。少女は目まいを覚え、片手で額をおさえつけた。しかし、体調は悪くなく、先程の舟酔いの前兆はなかった。

老人にふり向いた。

「いつもこんな遠出するの?」

老人は小さくうなずき、「恐いな?」と聞いた。少女は首を大きく横に振った。正直、恐い感覚はなかった。

「ここがおじいちゃんの仕事場なのね」

舟酔いを介抱されて以来、少女は老人に甘えたかった。

「……わしゃ仕事場なんてないがな」

老人は顔をあげない。

「でも……だいたい釣りをする場所ってあるんでしょ？」

老人は少女をみた。

「わしの釣り場あ海みんながな」

「でも……特に回数の多いところはあるんでしょ」

「そんなもなあ、ないがな」

「この場所も初めてなの？」

「ああ」

「特に魚の多い場所ってないの？」

「そりゃあん。いろんな魚に合った場や季節や……時刻や……それから天候なんてもんや、そりゃあん。わしゃ、そういうのを気にせんだけや」

「なぜ？」

「……どんな獲物がひっかかるか、あげる楽しみがなくなるがな」

「でも、おじいちゃんはプロでしょ、漁師でしょ、遊びじゃないんでしょ」

「……魚のくせによう合う仕掛けや竿や餌など、わしゃ知らんわけやあらん。知っとるさよ。ちゃんとな。だが、それがどうだというか。わしゃ獲物とる自信やいつでもあんろ。食ってくだけの獲物やちゃんととるさよ」

「……」

「帽子かぶれぇ」

老人が言った。少女の服は完全に乾いていた。老人は薄ねずみ色の長ズボンにカーキ色の中袖シャツを着け、首に先程、少女の汚物をふき、洗ってほしてあった手ぬぐいを巻き、クバ（棕櫚）を編んだ円錐の帽子をかぶっている。少女は今、気づいた。膝をおさえていた麦藁帽子をかぶった。老人のように顎紐をきつくしばった。風が強く、紐が切れるとあっという間に数十米は飛んでいってしまう。


今まで切れ切れにもよおしていた尿意が強くなってきた。下腹部に全身の力がすーっと入ってくる度に、妙な快感が生じた。少女は躊躇していた。老人に滅茶苦茶にされたいと漠に願っていた自暴自棄は薄れていた。が、ふいに老人の正面に向いて堂々とおしっこをしようという気になった。少女自身では決断ができなかった。老人が何か言ってくれればと少女は思った。老人の指図通りにしよう。老人はしかし、釣り糸が消えている水面を凝視している。おじいちゃんと呼ぼうとした。思いとどまる。陽は一瞬もかげらない。老人の腕の毛が明細にみ分けられた。ここで今、裸になったら、私は毛根の穴まではっきりとみられてしまう。身を隠すものが何一つもない。少女は何度もとまどう。しかし、かえって大胆にもなる。処女特有の大胆さがでる。この老人は女を追いかけ回すような男とは違う。海は無尽蔵の水が満ちている。私がいくらおしっこをしようとどうってことはない。決して迷惑にならない。少しずつもらしちゃおうかとも思う。それとも泳ぐまねをして海に入り、知らんふりをしてやっちゃおうかな。少女の尿意は極度に高まり、少しでも動いたら、勢いよく噴出しそうだったが、妙なゆとりがあった。老人に恥しい姿をみられるというのは何かがひきしまる。みているものが若い素敵な男性なら私も躊躇しないかしら。すぐ打ち消す。いつか、浜で自分を押し倒した若者を思いおこした。男みたいに立ってできたら便利だな。どうして女はつつましくしなければならないのかしら。あけっぴろげに大胆にやればいい。男達も冷静になるし、女達も緊張せずにすむだろう。少女は無我夢中で老人に叫んだ。

「おじいちゃん、私、おしっこするわよ」

老人は怪訝そうに少女をみたが、小さくうなづき、竿に目をもどした。

「わしゃみらんろ」

老人はつぶやいた。

「ご勝手に」

ぶっきらぼうに言ったが、純情な老人だと直感した。さて、いよいよやろうとすると難事だった。立ってやるわけにはいかない。舟は小きざみに揺れている。しゃがむに結構な場所がない。赤ん坊のように老人にだっこされてやろうかしら。少女は唇をかんだ。

「おじいちゃん、席かわって」

少女は後部に底板があがって、平らになっている個所を見つけた。ものいれの蓋だった。老人は竿を右手でささえたまま、腰を浮かし、顎で少女をうまく誘導しながら、均衡をたもち、すぐ席をいれかわった。舟が大きく揺れた。少女はひっくりかえってもいいと一瞬思った。少女はスラックスもろとも下着をおろし、すぐしゃがんだ。右手で舟のへりをつかむ。風が強い。力を入れる。全身から力が抜ける。背すじに悪寒が走る。裸の下半身が急に冷たくなる。快感があった。やりおわり、十数秒間目をつぶって、そのままでいた。やがて、立ちあがり、スラックスをあげ、おそるおそる大きく背のびをした。二度三度深呼吸をした。

「おじいちゃん」

ふりかえり、老人の背中に呼びかけた。

「すんだな」

少女は微笑み、うなづいた。「場所変えよう」老人はすぐ立ちあがった。まもなく、老人は「わしも」と少女に背を向け、舟尾に立った。少女は心が急になごんだ。

どこから現れたのか、突然、海蛇が少女の目をくぎづけにした。白と黒が交互に縞になった二米程の軟体を大きくくねらしながら、舟から離れず、かなりすばしこく泳ぎ回っている。黒っぽい頭は小さく、尾は縦偏して広い。陸上の蛇にみられる横長の腹鱗はほとんどない。青く澄んだ水面のすれすれを浮遊しているので、その姿はくっきり浮きぼられ、まっ青の周囲をみつづけていたため夢みごこちでいた少女は覚醒された。半面、静かで巨大な平面にたかだか二米の大きさのものでしかなかったが、その異様な動きと共に、明確に対照の体色は少女を忘我にもさせた。一、二分後、少女は「ああっ」と大声を出し、目をみひらいた。老人がふりむいた。

「あれ、あれ」

少女は腰をひきながら、腕をせいいっぱいのばし、海面を指さした。

「いらぶやさ」

老人はゆっくり言った。老人は先程から気づいていた。老人が海蛇をみたので少女は幾分勇気づいた。

「毒もってる?」

おそるおそる舷側に手をかけ、身をのりだした。

「咬まれたら人間や数時間でお陀仏やんろ」

何気ない風に老人は言う。

「飛びかかってこないかしら?」

「こいつやいくら叩いても怒らんろ」

「おとなしいの?」

「……」

「……でもグロテスクね」

少女は、言葉の意味がわからないから老人は答えないと感じ、「不気味な魚ね」と続けた。他人の気持まで考えるゆとりが生じていた。

「みなれればかわいいもんろ」

「釣りあげてみたら」

少女は弱い声で言った。老人が実行しようとすれば大騒ぎして止めるだろう。

「こいつが、くらいついたらや」

数十米の深みで釣針は水に押され、漂いながら魚を待っている。釣針がどのくらいの深さに垂れているのか少女はわからなかったが、この海蛇が釣針に一人でにくらいつくなんて夢々ないと思った。

「私達を友達と思っているのかしら?」

少女は子供のような発想をし、つぶやいた。まだ気味悪くはあったが、少女は味方を得た気になった。果ても知れない海洋で長い間老人と二人きりだった少女は、この生命に愛着を感じた。はっきりとした目的もなく、小舟に乗り込んだ少女は目の前に拡がる単調な時間を次第に予想し、気が遠くなる思いをしだしていた。少女は海蛇の不意の出現を歓迎した。少女は竿で引っかけあげようかしらと思った。海蛇は遠く離れたり、近づいたり、深くもぐったり、また現れたりしていたが、やがて遠ざかっていったまま、消えた。少女はじっとその方向をみつめた。海は何事もなかったように平静さを装っている。今に再び現われる。少女は信じていた。信じさせるものが透明な青い海面にはあった。黒と白の交互縞と特異な泳法がはっきりと現われ出る――ここ三、四カ月、敏に幻視を生みやすい少女の目は、この時も確かに幻視をみる恐れはあった。しかし、少女の視界に海蛇はついに出現しなかった。あまりにも色彩が鮮やかすぎた。海も。蛇も。混濁した世界ではなかった。老人は海蛇に無関心のようだったが少女は気にならなかった。

少女は喉のかわきをおぼえた。老人を向いた。

「……喉かわいたわ」

老人は右手で竿をささえたまま、厚い麻袋に片手をつっ込み、つかんだアルミニウム製の水筒をさし出した。少女はゆっくりと受けとり、喉が潮風で粘っこくなっているのに気づき、口いっぱいにふくむと、うがいをし、海に吐いた。「なにするが」老人は水筒をひったくった。

「それぐらいわからんな。めしも水も一人分しか持ってないんろ」

老人は早口でいい、大きく息をつぎ、それっきり黙ったが、少女をにらみつけている。本気で怒っている。少女は珍しそうに老人をみる。かつて、このように私を怒った人はいたかしら。老人は真剣なのだわ。少女は委縮しなかった。わだかまりが落ちた。驚きとも新発見をした喜びともつかない目を、老人の目からはなさなかった。老人は手をせいいっぱいにのばし、水筒を少女に手渡した。少女は素直に受けとった。

「……ついでやさ、めしにしよう」

老人はやはり麻袋からアルミニウムの弁当箱をとりだし、少女との間に置き、蓋をあけた。にぎりめし四個に、小魚の佃煮、きゅうりの漬物、梅ぼし二個がつめられていた。

「さあ、食えい」

老人はにぎりめしをつかみとり、先に食べだした。少女もにぎりめしをつまんだ。

「お箸はないの？」

「この五本の指やさ」

老人はにぎりめしをつまんだまま手を少しあげた。少女はこっけいな気がした。今しがたまで本気に怒っていたのに。純粋ってこんなんかしら。少女は二口水を飲んでから、にぎりめしを食べた。

「おじいちゃん、非常食や非常水は準備しないの」

「ああ」

「どうして？」

「わしゃ、おいぼれちゃいないが、まだ」

「でも、若い人でも準備するんでしょ」

少女は〈南海漂流記〉を読んで、海上での水や食品の重要さを観念としては知っていた。

「わしゃ、無事に帰れる」

「でも、水罐ぐらい荷物にもならないと思うのに。念のために」

「先の心配は無用やが」

「おじいちゃんは先を考えないのね」

「心配無用やんろ」

とうとう老人は声を荒げた。

「おじいちゃんは海の恐さを知らないのよ」

少女は負けていなかった。

「なに」

老人は少女を正視した。少女も咀嚼をとめ、老人をみた。

「何がわかるというか」

「本を読んでいるのよ」

「六十年は海に出てるろ」

少女は黙った。六十年も生き続けている事実がとてつもなく偉大に感じられた。幼稚なことを言ったもんだと悔いた。老人は少女の出方をうかがうように、しばらく間合をおいた。少女は指先についたごはん粒まできれいに食べた。

「ほい」

二つ目のにぎりめしを老人は、ごつい黒っぽい手で無造作につかみ、少女にさしだ

した。あと一つまで食べたかったが、急いで弁当箱を空にするのはおしい。少女は横に小さく首をふった

「おじいちゃん、食べて」

「わしゃ、もういい」

「じゃ、あとで食べましょうね、なかよく」

ままごとをしているような郷愁を少女は感じた。少女はにぎりめしを受けとり、箱にしまい、蓋をした。それから、思い出したように、もと通りに紐でゆわえ、紙袋につつんで、立ちあがり、麻袋に慎重にしまい込んだ。

食後の、あのいたたまれない倦怠感がなかった。強い潮風を体をいっぱいにのばし、何度も深呼吸をした。体の均衡を崩し、舟がゆれた。元の位置に坐った。

「おじいちゃん、毎日、飽きないの？」

内心とはうらはらに、言葉に幾分棘を含ます癖を少女自身嫌だった。

「……飽きる？」

「そうよ、だって、海は単純なんでしょ」

「単純？」

「毎日、単純じゃ飽きるでしょ」

「なあに、おもしろいことも多いろ」

「おもしろいことって？」

「……毎日、変るんろ」

「海の色が変わるの？」

「色ん変るし、魚んや……第一、どんな魚がくらいつくか楽しみろ」

「おじいちゃん、漁をはじめて長くなるの？」

「七歳ころからろ」

「もう、六十年ね」

いけないと知りながらも、言わなければ気がすまなかった。老人は同じことを二度も聞かれたり、言われたりするのを嫌がる。何度も確認しなければ気がすまない少女には不思議だった。

「その間、海以外で生活はしなかったの？」

「考えたこともないさあ」

「そんな長い間、……よく飽きなかったのね」

半ば独白じみていた。

「……」

「おじいちゃんは海にむいていたのね」

「……そんなじゃないろ。わしゃ、ぶきっちょでな、一人前になるには長くかかったんろ。若い頃や、今のようなディーゼルんなかったしよ。手漕ぎでや。仲間が風向きを計り、波間を巧みに沖に走らすのを横目に、いたずらに風に流されていったことんあんろ。二、三日漂流しな、すんでのとこで命を落としかけたことんあんろ」

少女は動悸がした。海の恐さを知らないといった先程の私の言葉が残っていたのかしら。わざと漂流なんていうのかしら。

「不器用なら、どうして別の仕事をしなかったの？」

平然を装った。

「もう忘れたさあ。昔でな。だが、なんとしても海に出たい。まあ、意気地みたいなもんがあったようやさ。それにや……二、三日ん海から離れると、もう淋しいような、ものたりないような、じっとしておれらんさ」

私は、この十九年間、何を生きてきたのでしょう。ここ二、三か月の、考えるのもおっくうな、どうにでもなれという気持ちは払拭された。何にも愛情を感じず、自然の秘密のおもしろさに気づかなかった私。少女は切れ切れに自分自身をみつめた。ふいに叫びのような早口がほとばしった。

「私には、もう先がみえてるの！　やる前から、その結果が手にとるようにわかるのよ！　だから、ばからしくなるのよ！」

老人はおちついていた。

「……お前さんや自分を過信しておるろ。人がやることとって、そりゃしれてる。……だが、やらなくていいということはないろ……魚らも今の今を懸命に生きているが。あの小さい体でや。みんな懸命ろ。……お前さんも自分でやれることを懸命にやればそれでいいが」

「それがばからしいというのよ！」

「お前さんやほんとに何かやったことがあるんかい。一から自分だけの力でやったことがあるんかい……ないんだろや。何もやったことがないくせして、できないできない言えるすじじゃない」

老人の語尾が幾分強くなった。少女は気がおちつきだした。大学に入学したのは私だけの力ではなかったのかしら。違う。やはり。では何が？　一生を通しての完成が、いや未完成だわ。例えば老人。老人は未完成だという気がした。

「おじいちゃんは一生懸命なのね」

老人はしばらく少女をみつめた。

「一生懸命ろ……わしらやもしつくりだすもんがなけりゃ子孫に残すだけでもすべきろ。傷つけないように……これまでなげやりなってはならんろ」

老人が何を残すのか、よくはわからない。でも、海を持ち堪えているのはこの老人達なのだわ。私達が教室で細かい海洋理論を翻弄している間にも、切れ間なく、これらの老漁師達が海を持ち堪えているのだわ。

水は黒みがかった紫色にみえる。長い間、魚は糸を引かなかった。少女は、この老人は本物の漁師かしらとふと疑った。ゆったりしすぎている。糸を巻きあげて餌がはずれていないか、確かめたくなるのが人情ではないかしら。ましては老人は漁師なのに。一本の竿の微妙な動きをみのがさないように少女は目を凝らしていた。老人は二本竿を積んでいる。だが、一本しか使っていない。ますます少女は合点できない。少女の神経のいらだちが目立ちはじめた。体を、坐ったまま、意味もなく動かす。大声を出したい衝動にかられる。老人の冷静さが少女のわけのわからない焦りを倍加した。水平線のあますところなく、入道雲が湧き出て、固まっていた。風は強く吹き続けたが、波はなく、舟のゆれは小さかった。しかし、静まりかえった海の不気味なうねりはどことなくわかる。先程まで、ひとすじの薄紫色の線にみえていた陸地は、もはや水平線と見分けがつかない。老人は錨を水中におろし、舟を止めて漁をしていたが、今は錨を引きあげて、流れにまかせている。舟の動きはのろかったが、突風で、急に数米疾走したりする。それでも、風が回っているのか、また元の位置にもどる。エンジンをかけて、別の漁場を探せば、と少女は思い、何度も老人の顔をみた。餌はすでにはずれているのよ、おいぼれじいさんと少女は内心で叫んだ。老人のひきしまった茶褐色の横顔は、わしは一瞬も油断していない、餌が食いちぎられるのをみのがすわけがないと少女に答えているようにみえた。陽はすさまじい光と熱を依然ゆるめず、夏はまっさかりだったが、海は静かすぎた。少女は長い沈黙に耐えきれなくなった。

「おじいちゃん、おじいちゃんは毎日、このような単純な生活をしているの」

ゆっくり、老人はうなずいた。

「退屈しないの？　生きがいはある？」

少女は問いつめた。老人は首を回して少女をみた。

「……」

「生きがいはある？」

「……考えたことないさあ」

「一度も」

「生きてりゃ、充分ろ。あれやこれやいうのは分に過ぎたおごりろ」

「……」

「このように大海があってや、たくさんの魚がいるようなもんやさ。人間も似たようなもんろ」

「……」

「人間は体を動かしさえすれば充分値うちがあんろ。あれやこれやいって区別つけるのはなっとらんろ」

少女は意味がよくのみこめなかった。急な老人の多弁は、うるさい少女を早く納得させ、沈黙させようとする意図にも思えるが、それにしては独白風で語調が弱い。

「……おじいちゃんは朝から晩まで漁のことしか頭にないのね……毎日」

少女の声はやわらいだ。しばらく沈黙が続いた。

「……おじいちゃんの世界はただ海だけなのね」

「そのようなもんやんて」

「年がら年中ね」

「そうやさ」

「すごく単純明白なのね……ただ海だけね」

少女はぼんやり遠くの海をみていた。しばらくし、我にかえった。

「ね、海には何があるの？」

「……」

「何を発見できるの？　何か発見したの？」

「おおげさなもんやあらんがな、海や偽物がないからや……」

少女はおやという気がした。

「……この舟は偽物でしょ、作り物でしょ」

老人の話を中断させたくなかった。この老人は都市生活の体験があるんじゃないかしらと少女はふと思う。

「わしが命を吹き込んだもんろ、わし一人で半年もかかってや」

老人は竿から左手をはなし、舟のへりをしっかとつかんだ。こころなしか、太いだみ声が一層太くなった。

「偽物って何？」

「……海とよくあわないもんやさ」

あわないとは調和しない謂だろうと少女は解釈した。舟をみ、対照のものを考えた。

半ばあてずっぽうに言った。

「例えば、鉄の船など？」

「それに、網使う船んならん」

「網はいけないの」

「ひきょうろ」

「どうして？」

「なんて言えばすむか」

「なぜ？」

すかさず少女は追求したが、老人の機嫌をそこなわないようにおだやかな目を向けた。老人は考えをひきだすように、水面の釣り糸をみつめていた目をこころもち動かした。

「海が元どおりになるには千年も万年もかかるんろ。魚ん一匹一匹釣りあげにゃらんど」

このように広大な海では一本釣りだろうが網漁だろうが五十歩百歩だと少女は思った。第一、こんなにのんきにかまえて生活ができるのかしら？　少女は素直に聞いた。

「でも、おじいちゃん、網を使えば儲けも多いよ」

「海や儲けるためにあるんじゃない」

老人は言下に言った。

「海や、あんたやわしらと同じろ」

老人は一呼吸入れ、続けた。

「海や海のもんろ。わしらぁ勝手にしちゃならんろ。……わしゃ、こう竿を握ってると何か安まるさあ。底から、おやじや弟が話しかけてくるようでやあ。わしもいろいろ言いたくなるしやあ」

老人の語調は変わらなかったが、少女は驚き、老人の横顔を注視した。だから一瞬の淋しげなかげりをみのがさなかった。少女は動悸が早くなった。声を和らげた。

「おじいちゃんのお父さんや弟さんは海で死んじゃったの?」

「……」

「ねえ、おじいちゃん、おじいちゃんのお父さんや弟さんは海でなくなったの?」

「……おおくの仲間んやあ。海や、おおくの死者の霊でささえられているんやあ」

少女は不気味さを感じた。身内の死をみず知らずの者に容易に話しきかせるのを、いぶかしがった。深く聞く気をなくした。相も変らず、容赦ない黄白光の陽は海を茹で、ところどころに湯気をたてている、ような錯覚をおこしかねない。このような時、現れ出る幽霊とはどのようなものか? 少女は黙った。老人も黙った。

海の動きは確かに小さかったが、少女は充足を感じていた。広さは、そして深さも無限だ。私はすべてのものから切り離されてしまったという、つい先頃まで強固に少女をおおっていた濃い膜のところどころに穴があき、冷たい風が入ってくる感触にふとわけもなくうれしくなったりする。この海は私をずっと底まで受けいれてくれるでしょう。どこまでも決してあきずに運んでくれるでしょう。しかし、急に海が単調なつまらない物質に思えたりし、少女は力を入れて目をつぶり、頬をふくらまし、首を振る。青系列以外の色は雲しかなく、少女は位置、大きさの感覚を失い、めまいがした。老人に甘えようと瞬時思い、顔をのぞきこんだが、老人の真剣さが理解でき、片手で額をおさえて我慢した。海鳥も飛ばず、生物は老人と少女の二人きりのはずだが、心細さは妙になかった。時間はすぎた。

「……おじいちゃんは、こんな広い海のまっただ中に一人でいて孤独を感じないの」

少女は聞いた。めまいはほとんど消えていた。老人は小さく首を横に振った。

「どうして?」

「……どうしてやがや」

「おじいちゃんのなじみの人達がみんな一緒だから、じゃないかしら」

老人は微妙にうなずいた。

「海で死んだ人達よ」

「ああ」

「嵐なんかで舟が沈没しちゃったの？」

〈恐いものは見たいもの〉の心理が少女に働いている。

「……そのようなもんやあ。仲間らや。……おやじと弟や熱病でやられちまったんさあ」

「……」

「おやじと弟や裸にし沈めたんさあ。片足にひとつずつ大きい石くくりつけてやあ」

「どこに？」

「ここから西に二里ばかりの底さあ」

「……水葬にしたの？」

少女は驚き、深刻そうに言ったが、水葬するのがあたりまえだとわけもなくすぐ思った。

「深い水の中は寒いでしょうね」

少女は水中をのぞくように水面をみた。

「浜の連中がかまにくべろなんてぬかすから、わしゃ大喧嘩したさあ」

「大変だったのね」

「連中、あれ以来わしを恐わがっとるさあ」

「とうとう水葬をしたのね」

「……今日のようにカンカン照りだったさあ。おやじん時も、弟ん時も」

「昔なの？」

「……おやじが十一年前さあ。弟が四年前さあ。わしゃようおぼえとるろ。おやじを沈めるというたら、弟は泣いていやがってやあ。それでも顔を二、三度殴ったら、うんといったが」

老人が暴力をふるうなんて、嘘だわ。平気で対話ができた。

「みんな反対するのに、どうして、おじいちゃんは水葬にこだわるの？」

「どうしても、いやでも応でもさあ」

老人は輝く目で少女をみつめた。

「わしらや魚を食って生きてきたんだし、死んじまえば受けた恩に報いるのはあたりまえだろがな」

「……死ぬ時はおじいちゃんも海に沈むの？」

言い終り、はっとしたが、他人を傷つけた時の自責の念はなかった。

「もちろんさあ」

「おじいちゃんは肉体が魚に食べられると魂は天国にいけると考えているの」

少女はアジアの高原地帯の風習の鳥葬を連想していた。

「そんなんじゃあらんが……天国といや、海の中が一番の天国やさ」

海に執着する老人が少女は不思議ではなくなった。私も何かに関心がもてるかも知れないという予感がひろがった。

「おじいちゃんは宗教をもっているの？」

「宗教？……宗教てば生きてることがそうやさ。こんなにおいぼれるまで目も足も丈夫で、ほんとにありがたいさあ」

平凡だ、とは思えなかった。一生懸命になっている、これは実に美しいはずだ。少女は自分に言い聞かせた。

「神は海なの……」

少女は独り言のように無意識に言ったが、声は老人に届いた。

「……海や生きるもんやさ。だから海ん生きてるんさあ」

少女は老人に気を許していた。しかし、決して老人を受けいれまいとする固い意志も顔をのぞかしたりした。このような時、少女は強く目をつぶり、頬をふくらませ、顔を横に振るあの癖を続けた。

「……私ね、おじいちゃん」

少女は気力が萎えるのを恐れて、老人を向かず、海を遠くみつめた。

「私、なんにも役に立たない自分がとても小さく、くだらないものに思えるの。こんな人間て爆弾でこっぱみじんにしたい思いがするのよ」

一見、朴訥なこの老人は決して無智ではない。老人の中を真っすぐな固い棒が貫いている。少女は畏敬の念を感じたりする。

「……なにかできる、大きいと考えるのが間違いやさ。海をみてごらんな。何の不足があるというか。わしらが、きつい、つらいたって、海がな、魚をつくるのに、比べれば、微々たるもんろ。おまえさんやよくわからんだろうが」

言葉の綾はずれたが、少女はうなずいた。安心した。舟がゆりかごのようにゆれ、瞬時、夢ごこちになった。

「……私は家を逃げてきたの」

老人の言葉を待ったが、横顔は茶褐色の銅像のように固い。

「おじいちゃんは逃げ出したくなったことはない?」

「……どこへ逃げるというんか。どこまでいっても海でしかないんろ。また、なぜ逃げるというんか」

老人がかすかに怒ったように少女は感じ、少し躊躇した。

「……おじいちゃんは、陸がいやだから、海に逃げてきているわけではないのね」

詰問の語気ではない。老人に同情できるようになっている。

「浜や魚を売りにいって、寝るだけのとこやあ」

少女は、この抑揚のない言葉が納得できた。海は職場のようなものねと口に出かかったが、だから言わなかった。老人の生活は私の尺度では計りがたいと感じた。

「おじいちゃんにとって海は戦いの場かな」

少女はゆとりが出てきた。声も多少、快活な丸みを帯びた。

「……海やわしをのみこもうとしているしやあ。わしゃ、しょっちゅう足に力をいれっぱなしろ」

少女は老人の足を見た。黒い足袋で舟板を踏みつけている。確かに力がはいっている。足袋なんかはいて足がむれないかしらと少女は気になったが、まもなく忘れた。

鱗を銀色に輝かせた魚の大群が凄い速さで舟のわきを泳ぎ去った。体長三十センチ程の少なくとも数百匹の群れだった。しかし、海面は銀色にはならなかった。海は青すぎるし、澄みわたりすぎる。銀色の魚は一匹一匹がくっきりと映える。混ざらない。

ただ、不意だったし、速かったから少女は魚の形を識別できなかった。魚群は水面すれすれを泳いだが、一匹とて水面には体の一部もださず、波やしぶきはたたなかった。音も全くなかった。少女は魚群の去った方向をみつめ、再び戻ってこないかと注意したり、出てきた方向に顔を向け、別の群れが現われるのを期待したりした。一回きりだった。長い間、目を離さなかったが、姿勢をなおし、反対側の舷側に少し身をのりだした。ねずみ色の薄いシャツの背中がめくれ、強い風があたり、はためいた。少女は気にしなかった、この側の海面も何ら変哲はなかった。海に、左右や東西南北はない。懸命に目を配った。だが、穏やかな青さが広がっているだけだった。ようやく少女はあきらめ、老人に向いた。

「おじいちゃん、みた?」

老人は少女をみず、軽くうなずいた。

「魚だったの。大きな、たくさんの」

「……」

「ああいうのは釣れないの?」

「そうもあらん。時たま、わしのにかかってくるろ」

「網を使ったら全部とれるよ。大きな網で。一度によ」

「ならんさあ」

「どうして？」

「一度言ったがな」

老人の語調は強く、少女は黙った。

それから半時間ほどたった。

「いつも、この辺にいるおいぼれさあ。昔なじみの奴さあ」

老人は少女をみず、顎をしゃくり、独り言のように言った。老人が声をかけたのが少女はうれしかった。

「何？」

少女は、よくはききとれなかったが身をのりだし、水面をみた。勢いがつき大きくのりだした。舟がひどく傾いた。水面下二米もない深さで一米程の魚が一匹、ゆっくり泳いでいた。山吹き色で形は鯛に似ていた。

「あ、ほんと、ほんと、大きいわね、すごく大きい、とってよ、早く、おじいちゃん、早く」

少女ははしゃいだ。

「ね、おじいちゃん、どうしたの、逃げちゃうよ、早くして、早くったら」

「こいつあ、わしの幼なじみのようなもんさあ。だが、こいつがわしに勝手にひっかりゃ別やが」

魚が何年生き存えるのか皆目わからなかったが、老人の話を信じた。魚は、かなりの時間、舟の周りを遊泳し、何度か、みえなくなっては、あらわれたりしたが、やがて、どこかに消えた。

「前にもみたの？　おじいちゃん」

我にかえったように少女は聞いた。

「ああ」

「最近？」

「一週間やなるさあ」

「やはりここで？」

「正確にゃ、ここから南よりに五里程のところさあ」

「同じ魚なの？」

「ああ」

「どうしてわかるの？」

「みりゃわかるさあ」

「……おじいちゃんは淋しくはないでしょ」

魚とも親しくなれる老人を、少女は刹那うらやましく思った。

「……淋しくもなるさあ」

「ほんと」

「……わしゃ底に話しかけるさあ。おやじはチン（ミナミクロ鯛）が好きだったからチンに変わってることさあ。そして、弟は蛸さあ」

語尾に突飛な抑揚があった。少女はほほえんだ。老人は口元で表情を表わしたりはしないが、目は常にみひらき、気迫に満ちていた。私が、ふいに心も捧げたくなったりするのも、老人のこのおおいかぶさって一瞬ですべてをのみこんでしまうような気迫なのだわ。

「おじいちゃん……一人ぼっちなのね」

少女は言った。少女自身が一人ぼっちを実感していた。しかし、いやそうじゃないと打ち消すものを発見でき、つい、数日前までとは違っている自分を自覚し、いわれのない期待がにじんだ。老人は魚が去った後も、しばらく水中を凝視しつづけた。

「おじいちゃんのお友達は魚なの？」

「……遊び相手でもあるさあな。喧嘩相手でもあるさあ」

老人は顔をあげたが、少女をみず、正面を向いたまま言った。

「でも、つまりは魚を殺しているんでしょ」

思わず言い、ひどく悔やんだ。自分自身の手で自分自身を壊しているような恐怖がひろがった。取り消そうとあせったが、頭が困惑するだけだった。老人も、しばらく黙っていたが、少女を一度振り向き、すぐ元通り前方の海をみた。

「七つから漁をしてきたわしにゃそれがあたりまえに思えるんさあ。……むろん、あげた魚は死んじまうことは死んじまうがや。だがよ、わしゃ何も殺している気はないろ」

少女は安堵した。だが、またいじわるな質問が口を出た。この老人は私を包んでくれると少女は直感した。

「でも、自分が生きるためにほかの生き物を犠牲にしてもいいということにはならないんじゃないかしら」

言いながら老人の顔をのぞき、老人に強い反発がないと感じ、続けた。

「そのような論理を許すと、自分が生きるために他の人間を犠牲にするのと同じだわ」

言いおわり、少女は老人の顔から目を離した。いたたまれない気がした。老人は少女を振り向き、すぐ又、前方に顔を定めた。老人の話す時の癖のようだった。

「なんてったって……わしらにゃ漁や好き嫌いといっておれるもんじゃないろ……さだめみたいなもんさあ。魚も生きてるし、わしやあんたも生きている。それがや、自然さな。もっとも自然さあ」

少女は食いいるようにきいた。自分のうちにからみついている糸をほどく手順を探そうと努めた。老人は黙った。少女はしばらく老人が話し続けるのを待った。老人は話嫌いではなかったが、饒舌でもなかった。少女は老人の話に反論しようか、同意しようか迷った。どうすれば、もっと老人が話してくれるのかしら。

「おじいちゃん、幸せ?」

「……」

「ねぇ、幸せ?」

「……ようわからんさあ。この数十年一度と考えたことはないんから。考えたってわかりっこないさや。だがよ、海や浜で生きもんどもが動き回っているのをみとるとな。こちらだけ、しょぼくれちゃおれなんさ。……海、みてごらんな。あんなに生き生きしてるんろ。なんで、自分だけ情ない顔をしなけりゃならないんが」

少女は老人が白痴みたいに単純なのか、慧眼が光るのか察しかねた。

「でも、海はいつも同じなんでしょう、退屈しないの？」

「はっきり変ってるろ。海草のはえぐあいなんか、潮の流れだってな、毎日変ってるんろ。珊瑚だって、つねに生まれ、大きくなって、死んでいくんろ。変ってないもんなんて何があるんか」

老人が興奮しているように少女は感じた。

「……おじいちゃんは小さいものもよくみえるのね……おじいちゃんは何のために働いているの？」

最初、少女は何のために生きているかと聞くつもりだった。徹底してやぶれかぶれになれない。

「何のため……」

老人は一呼吸入れた。

「そんなこと考えたこともないさあ。それでいいさあ。時節が変わるようさよ、その日を生きてただけさあな」

刹那主義じゃない。その日を力の限りに生きるという意味あいが強い。少女は老人と対話のリズムがうまくかみあっているのを自覚した。

急に老人の上体がせわしく動き出し、少女は何か言おうと開きかけた口をふさいだ。

老人はあぐらをかいて坐っていたが、腰を少しうかし、両膝をたて、股を開き、足に力を入れた。先がたわんだ二米程の釣り竿を血管が浮き出た左手でささえ、右手でリールを巻いた。少女が信じがたい速さだった。赤黒い節くれだった腕が陽に光った。目は鋭く、水面の一点を凝視し、厚めの唇がひきしまっている。

「かかったの、かかったの」

思わず少女ははしゃぎ、老人の脇に身をのりだした。舟が大きく傾き、ゆれた。老人は瞬時、少女をにらみ、「おとなしくしておいでだよ、いいだな」と声を荒らげた。しかし、少女はしょげない。心の底から少女は喜んだ。「おじいちゃん、かかってる、かかってるよう」少女は騒ぎたてた。

「静まろ」老人が一喝した。少女は一瞬黙ったが、すぐ騒いだ。「早く、早く」少女は舟のへりを両のこぶしでたたき、老人をせかした。老人は必死だった。陽をしみこませ、輝いている緑の水面すれすれにてごたえのありそうな何かがみえだしたかと思うまもなく、空中に宙ぶらりとなり、弧を描いて舟の中に落ちた。老人は懸命に、しかし、慣れた手つきで不規則にはねあがる六十糎にあまる魚をおさえ、右手をのばして小さい箺《やす》をとり、魚の目の上あたりを二、三回こづいた。魚はとびはねなくなったが、おもいだしたように尾を何回か痙攣させ、やがて動かなくなった。頭部に太く黒い縦線が二本入った、濃黄の、隋円に近い形の、口の突き出た魚だった。老人は、すばやく針をはずし、餌をつけ、リールを回し、深く水中に沈めた後、釣りあげたばかりの魚をしみじみながめた。感激にひたっているように少女は感じた。この老人は、ほんとは金持ちじゃないかしら？　老後の道楽に釣りにでているのでは？　まもなく老人は舟底の網袋に魚を入れた。強い陽にさらすと、魚の鮮度が急激におちるのだわ。少女は感じた。

魚は続けざまに釣れた。潮が回り、それにのり、大群が舟の近くを遊泳しているようだった。魚の大群には海鳥が群れると少女は本で読んだが、一羽もいなかった。次の魚が釣れるまでに数分も間はなかった。細くもない竿の先が急に曲がる。糸がはる、と同時、いや一瞬早く老人はするどくリールを回す。「かかったの、かかったの、又かかったの」少女が騒ぐ。老人のリールを巻きあげる早さは魚を釣りあげれば釣りあげるほど早くなる。魚がはねあがり、陽に光る。体長四､五十糎の色の似かよった、亜熱帯地方の魚が青い空間に彩かに映える。静止画のような空中で、全身を力いっぱいはねる魚……。あっ生きてると少女は感じる。次の瞬間、魚は舷を越えて舟に落ちる。すぐ、とどめをさし、老人は次の魚をねらってリールをすごい早さではずし、深く流がす。老人の腕や首すじの筋肉に血管や筋が克明に浮び木彫り彫刻に似る。みひらいた光の強い目。ほりの深い顔面は一段と固くなっている。老人は終始中腰のままだった。釣り人をふいに海中に引きずり込む力の強い魚に細心の注意をはらっている。魚が勝手に舟に飛び込んでくるようだった。「あっ、またかかった」「あっ、またよ」「おじいちゃん、ひいてる。ひいてる」「おじいちゃん、早く上げて、早く。逃げちゃうわよ、早く。早くったら」「今度はどんなのかしら。赤かな」「私、みたい」「あっ、出た、わあ大きい」少女は我を忘れていた。ほんの一瞬、大漁のために舟がひっくりかえりゃしないかと少女は気になったが、すぐ忘れた。舟は実際、かなりゆれたが、少女のせいだった。老人は何度か注意した。だが、少女は耳をかさなかった。急に立ちあがったり、舷側に身をのりだしたり、舟底の魚をさわったり、糸をたどり水面を注視したり、老人に、おじいちゃん頑張ってと声援をおくったり、今何匹よと魚の数を知らせたり……おちつかなかった。何十分かすぎた。ようやく、ひきが悪くなった。だが、思い出したように魚はあがってくる。少女もおちつきだした。

海と空は果てしもなく広がり、静かで、動きがない。老人の格闘はややもすると、一人相撲のような妙な感じが少女はする。あたりが一段と静まり返った。老人の背中がびっしょり濡れているのに今、少女は気づく。少女は魚をみる。ともの舟底に無造作になげこまれ、魚達は色彩があざやかなために、よりみじめにみえる。目玉がむきだしにみひらいている。何をみているのかしら。少女は目をそらす。魚が死んでいる実感はなかった。かわいそうな気がした。遠い沖の海で、泳いでいる魚を……なんでわざわざ……たとい、老人が一生懸命であるにしろ……少女は水面をみる。こんな単調な無機物の中から生きものがでてくるなんて……。私の知らない世界には正体不明のものがぎっしりつまっている。少女は身ぶるいした。胃の具合が少し悪くなった。全速力で舟を今すぐ陸にもどして。思わず叫びそうになる。何度か口がひらきかけたが、少女はその度、思いとどまった。そのうち変わった観念が生じた。水中に住んでいるものは怪物でも幽霊でもない。私が日常茶飯にみている何の変哲もない魚だわ。少女は〈正体〉がみえた気がした。〈正体〉は単純なのだわ。私達人間がわざと複雑にしているのよ。それにしても不思議だわ。どこまでみわたしても何もいないのに、釣りあげると出てくるんだから……。それに、こんなに明るいのに中は真暗だなんて……ふと、少女は自分と海の間に板一枚しかない事実に気づく。舟板はたかだか五糎の厚さだ。小さい舟はどこをみわたしても陸地のぼかしさえみえない広大な海面を漂っている。私の〈生〉は、ありふれたほんの板切れにのっかっている。この板に小さい穴でもあけば、私はあっというまに死んでしまう。理屈ではわかっても、しかし少女に死は実感できない。

「おじいちゃん、舟が転覆したらどうするの？」

「……」

「ね、救命具もないんでしょう」

「……転覆はないろ」

老人は腰をおろしていた。

「でも、万が一……」

「心配や無用やさ」

それっきり少女は黙った。老人は命がけだわ。魚は糸を引かなくなった。老人の顔が幾分和らいだ。


少女はふと、海の青さの中を素裸になって泳いだらきれいにちがいないと考え、真白い自分の胸やお尻を思い浮べた。バチャバチャ波をたてってはいけない。背泳ぎか平泳ぎが適切よ。私の裸体の白さは決して海に融合はしないでしょうが、とても素晴しく調和するでしょう。邪魔するものはいない。私は自由なのだわ。そして、水は冷たく、ここちよい疲れが生じ、身もさっぱりする。麦藁帽子も、とめピンもぜんぶはずして黒い髪も水に浸そう。体中の化粧も垢も洗い流そう。そして思うままにどこまでも泳ぎ回ろう。少女は何かを期待できそうな気がし、勇気が出た。しかし、しばらくし、一米も泳げない事実に気づく。と、ふいに、この真夏の真昼の最中でも海の深い底は真暗で不気味にちがいないと考え、気が沈む。少女はこのように暗い面に異常に気づきやすい神経を悔い、胸がむかつく。少女は長い間、水面に目を漠然と落としていた。そのうち、水は輝きだし、次第に強度を強め、少女の目を射始める。少女は何度もまばたきをし、目をあげる。空をみた。すぐ、目をかたくつぶったが、しばらくは瞼を開いても白い星が飛び視力はもどらなかった。少女は海の風をここちよく感じだした。〈暗い水の中でも、小さい魚もかよわい魚も、みんな精一杯生きているんだ〉少女はこのように思い直し、再び勇気をとりもどした。あ、昼食を残しておいたんだわ。ふと気づいた。

「おじいちゃん、ごはんにしましょうよ」

少女はにぎりめしの包みをあけ、一個つまみ、「はい、一つはおじいちゃん」と手わたした。

「お前さんの分は?」

老人は聞いた。少女はわだかまりが一度におちた。二度たてつづけに大きくうなずいた。

「このおにぎり、おじいちゃんがつくったの?」

一口、口にし、少女は言った。老人はうなづいた。

「毎日つくるの?」

老人はうなづいたが、少女を向かない。釣り糸は垂したままだ。

「おじいちゃん、ごはんさ、私がつくってあげようか」

少女は何気ないふうに言った。

「……お前さんやいい子やさ」

老人は目の色を変えなかった。少女は憤慨した。私は一人前の女なのよ。裸になってみせたい。四時を少し過ぎていた。


にぎりめし一個でも体調は変わり、ひいては頭脳に作用するようだった。このように長時間、どこをどこまでみわたしても青色以外はない平面が、少女に〈世の中が止まっている〉感覚を生じせしめた。少女はわけもなく胸騒ぎを覚えた。次第に私は何かできるのかもしれない、と自信が生じた。都会の雑踏のまっただ中で、なんの想念もなく、空虚に時間がたっていくのをとろんとした目でみつめていた私。今、そのようになる以前の自分を必死に呼びもどそうとしだしている私。少女は涙ぐみ、老人の横顔をいいしれぬ感謝の念を抱きしめてみつづけた。舟の舷側にあたる潮が小気味よい音を立てている。

子供の頃から詩の好きな少女は詩作をこころみる。海、海、海……広い、広い、広い……青い、青い、青い……つぶやくだけでまとまらない。とうとう、あきらめ、今度は海を歌っている歌を小さく歌う。次第に涙がにじむ。こんないい歌を作った人はなんて素晴しいんだろうと思いながら、何度もかみしめるように繰りかえす。海がきれいだと感じだした。強い日差しは少女のむきだしの腕を焼くが、暑さが伝わる前に強い海風が吹き飛ばす。解き放された。このような少女の気分はしかし長くは続かなかった。少女ははっとする。何かだるい。うなだれ、水面に眠むそうな目を落す。何かを感じているのだが、目をみひらき、首を回わし、周囲を探るのがすごくおっくうだ。先程、〈正体〉をみきわめたばかりではないの。何度も強く自分にいいきかせた。が、虚脱感はぬぐい去れない。後から手がのび、細い首を絞め殺そうとしていようがふり向こうとしない。いや、首に手がかかり、強引な力で絞めてくる、まさに、その時でも少女はまばたきもせず、前方をみているだけだろう。そして、無表情のまま死んでいく……。

少女は海面に視線をおとしつづけていた。濃青の水の色が少女には黒にみえた。老人の話した死者達が水面すれすれに浮びあがり、ゆらめいている気がした。少女は我にかえった。老人をみた。相も変らず老人は竿をささえ、糸の先あたりを凝視している。身動きしない老人の姿を少女はぼんやりみる。老人の彫りの深い、褐色の顔、鋭い大きな目、厚めだがひきしまった唇、そして腕の血管が浮き出た筋肉が少女に次第に安らぎをもたらす。少女は再び、風や日差しの快感を味わった。老人は私を助けてくれる。いや、老人に何ができるというの。おっくうだったが、少女は口をひらいた。

「暑いわね」

声はかすれていた。老人はききのがした。返事をしない。少女は落胆したが、勇気をふりしぼった。

「……おじいちゃん、暑くない?」

老人はふりかえった。少女はほっとした。

「やがて、走らすろ。涼しくなるさや」

世の中の人々は善人なのよ。少女は自分に言いきかせた。

「……私、海に足つっこんでいいかしら……舟、ひっくりかえっちゃう?」

暑さは感じなかったが、あと一言、老人の声をききたい、いやもうきいてはいけないとさんざん迷ったあげく、甘えるように言った。

「つかると、かえってひりひりするろ」

老人は、顔色が悪くはないかと少女の顔をみた。少女は叱られているとはやとちりし、急に鼓動が早くなった。後悔したが、かえって喋りやすくなった。

「おじいちゃん……死ぬ時は海に沈むの?」

三時間ばかり前に同じ質問をしたんだわ。少女は気づいた。

「……恐くない?」

「……なんで」

老人は少女をみた。

「……だって一人ぼっちで」

「……おおぜいいるろ」

「でも、死んじゃうとお話もできないんでしょ?」

「ゆっくり休めるんだ……深くいってや、暗くて静かなとこで……」

「……」

「誰も邪魔ならんろ。海やな、どうしようもならんもんろ。とてつもないろ」

「おじいちゃんは海でなら……いつ死んでもいいの」

老人は、しばらく黙った。

「……そんなもんや自分で決めるもんじゃないろ」

老人は自殺を知らないんだわ。

「わしゃ毎日、感謝してるろ。今日もまた無事にすごさせてもらってやと。海やわしを引きずりこもうとしてるんさあ。すきをねらってるんさあ」

「何に感謝するの？」

「海さあな。はっきりせんが」

今度は少女がわけがわからなかった。しかし、よくわかるような気もした。

広大な海洋のまっただ中にいると、一人ぼっちの寂寞感がかえって薄いできた。このような空間に老人と二人っきりなのを、いまさらのように不思議がった。少女は蛸取りを何気なく思い浮べた。幼いころの絵本かなんかの記憶。紐を結わえた壺を海底におろし、蛸が住みかと間違って、入ると、そっと引き上げて御用にする漁法。少女は無数の銀の小魚がひしめきあっているような海面をみつめている。少女の頭で、蛸は切れ切れになり、やがて巨大な蛸坊主に変身する。毛のない巨大な頭だけしか海面には出さないといわれる海の妖怪。舟と数米の距離をたもち、黒い入道頭を波の間にみえ隠れさせながら、舟と一緒についてくる、この八椀類の化け物。少女は海面を注意深く探索した。これをみると、必ず溺死するといわれ、漁師から忌み嫌われている

もの の正体を少女は自分でも訳のわからないままにみいだそうとした。海は神秘だが不気味ではない。このように少女は感じた。海はあまりにも陽が強く明るすぎる。化け物が暗躍できるすきはない。少女は深く溜息をついた。かすかに自信が芽ばえた。

年をとっているとはいえ、この老人も男だわ。女にひかれないのかしら。少女は以前から疑問に思っていた。いや、私が全裸になったら、きっと動揺するにちがいない。確かめてみたい。少女は先程から、このように思っては打ち消し、打ち消しては、思い続けていた。どうせ、おしっこをしたんだからとやけっぱちにはなれなかった。舟は無言で漂っていた。老人の一種厳粛な横顔、後姿は少女の実行意志をすこぶる消沈させた。少し動くだけで、どなりとばされる気がした。性欲のない人間を少女は自分以外に考えられない。私はもはやだまされない。しかし、このような思いも少女の強い決意にはならない。他人なんかどうでもいいというなげやりな気になったりし、結局、自分に罪があると呵責してしまう。少女は暗い気分におおわれる。しかし、強烈な青い海と青い空が少女に迫る。強い風が少女をゆさぶる。瞬間、ここちよい気分になる。午後五時を回わっていた。昼下がりのけだるさが、ここにはない。少女は知った。家にいた頃、この時間と深夜の暑苦しさは髪の毛をむしってころがり回るほど少女を悩ました。少女は白昼夢のような回想をしなくなった。私の将来は明るいんだわと強いて勇気づけた。陽は一瞬もかげらない。み上げる万物の目を焼きつくし、正体をみせない。せいいっぱいの力を発揮していながら、静かだった。偉大なものだけがもつゆとりだった。私が思いきり、手足をのばし、大声をだしたって何ものもびくともしない。少女は老人は生きている人間だと、認めだした。数カ月ぶりに少女は自分の意志で自己を主張した。

「……おじいちゃん」

老人はゆっくり少女を向いた。

「暑いから服を脱ぐわ」

少女は麦藁帽子をはずし、風に飛ばされないように銛をおもし代わりに置き、ズックを脱いだ。中腰で、淡い桃色のスラックスとねずみ色のTシャツをとり、下着をはずし、やはり銛の間にはさんだ。老人に正面を向いて立ちあがった。舟のゆれにつりあいをくずさぬよう、両足をひらいた。

「ねえ、おじいちゃん、いいでしょう?」

少女は老人をみおろした。一部始終をみていた老人の語調は変わらなかった。

「皮がむけちまうろ。裸やならんろ。ひりひりし寝れんろ」

老人は、やがて水面に目をうつした。少女のやわらかい短い髪が風に乱れている。

激しい動きが少女の髪だけにあった。風は少女の白い体にも容赦なく吹きつけた。少女はひらいた両足に力をこめ、ふんばった。のびきったなめらかな足。ふくよかな形のよい胸。腰のくびれ。官能をおびた肢体が青さの中にくっきり浮んだ。少女は両手を前にさし出して手のひらをみ、腕をみた。そして、ゆっくり視線を胸から腹部におろした。潮の香りが急に強くなった感じがした。両手で交互に腕、首すじ、肩、乳房、脇腹、股、尻と軽くなぞる。背すじがじいんとする。立っているのがつらい。

「……きれい」

少女はつぶやいた。と、急に、少し前かがみになり、二、三歩老人に近づき、石のような肩に片手をおいて、

「ねぇ、おじいちゃん、私きれいでしょう、きれいよね」

などとはしゃぎ、腕を首に回わしたり、腰をひねったり、せいいっぱいのポーズをつくってみせる。老人はうなずいたが、視線は動かない。

「ねぇ、おじいちゃん、ほんとにきれい？　ねぇ」

少女は老人の肩をゆする。老人は今度はじっくりと少女をみた。

「きれいやさあ。ほんとさあ。お前さん、若いさあ」

「ありがとう。ほんとなのね。よかった」

少女は手をたたくそぶりをした。つりあいを崩した。舟が傾いた。少女は海に落ちそうになるのを必死にこらえたが、勢いづいて、前にのめり込み、老人の首にしがみついた。老人は右手で竿をささえたまま、半身を少女に向け、左手で少女の右腕をがっしとつかんでいた。少女の乳房が老人の肩に密着した。老人は、おしやるように少女を座らせた。

「なあ、服をきて、おとなしく座ってろ。ほんとに焼けるろ」

少女は、もっときれいと言って欲しかった。だが、動悸が静まらない。黙って座った。老人は水面をみつづけている。動悸がおさまってから、ゆっくり服を着はじめた。深く溜息をついた。恥じらいが出たが、後悔はなかった。涙がにじんだ。

夕陽が突然出現したと少女は思った。舟は太陽を斜め後にみていた。いつの間に太陽が西の水平線上に傾いたのか少女は知らない。太陽は、湧き固っている巨大な入道雲の裏に落ちたが、依然、光や熱の勢いを変えない。充分な時間をかけて、ようやく雲々の縁が赤く黄色くなり、一面に拡がる。雲が薄だいだい色に色づき、隙間からのぞく黄金色が、幼児の張り紙のようなとりとめのない文様をつくる。太陽から遠く離れるにしたがい、より赤みがかかる。高い空にはまだ、青さが残っているが、次第に肌色のとばりがおおっていく。雲の谷間に、白い真ん丸い太陽がみえた。やっと正体をみたと少女は思う。太陽に穏やかさをみた。照りつくした充実感をみた。明け方の陽とはちがう。朝日より悠然としている。若い荒々しさがない。そして、光が静止しているから、濃淡とりどりの暖色も目を疲れさせない。少女も、やっとやりおえた充実感を懐いた。何をやったのかははっきりしない。老人が赤銅色に染っていた。少女はごくろうさまといいたかった。腕をのばしてみる。やはり真っ赤だ。海面一面が赤く焼けている。朝とは違う。射るような強さがない。海の果ては白っぽい黄金色だ。まだ果てがある。少女は深く息をつく。海の果てに来たつもりなのに。水に落ちた黄色い光が舟までのびてきている。ようやくという感じだった。長い灼熱の陽だった。そして、夕焼けも長く続いた。——次第に雲が薄暗くなった。

老人はリールを魚がかかった時と同じ速さで巻きもどした。糸が水を切る音か、竿の先との摩擦音か識別できなかったが、小さい気味よい音を少女はきいた。老人は完全に巻きあげると釣針から赤黒い肉片をはずし、海に投げた。竿を舷側にていねいにおき、腰を浮かし、エンジンをかけた。舟は次第に音を速く、大きくし、スクリューが水を乱暴にかき回した。舟は進んだ。風が一段と強くなった。老人は右手で舵を取りながら、あぐらをかいた。少女は、出漁時のように老人に背を向けなかった。向い合って座った。

「場所を変えるの？　おじいちゃん」

機関の音に混じった少女の声は風に飛ばされ、ききとれなかったが、老人は少女をみた。

「釣り場を変えるの？」

少女は少し老人に身をのりだした。

「帰るろ」

夕焼けは大方、灰暗色の闇に塗りかえられた。

「私、帰りたくない」

強い語気だった。

「このまま進みましょう。進めるところまで。ねぇ、おじいちゃん」

この一日、舟に乗っている間、何度か少女は帰りたかった。むしょうに陸に上がりたかった。しかし、どこに？　と考えると気が沈んでしまい、その度に思い直した。老人と一緒だと気は休まる。しかし、ふと今日の明け方の闇の静けさを想起し、身ぶるいがする。老人は味方よ。もはや恐いものなしだわ。自分をふるいたたせる。

「おじいちゃんとなら、どこまでも行くわ」

昨日までなら決して言えないはずだった。気恥ずかしくもなかった。

「夜や寝るもんさぁ」

「誰が決めたのよ」

「誰も決めやせん……それが自然ろ」

「おじいちゃんも寝るの？」

老人はうなずいた。

「魚も……？」

「みんな夜や寝るもんさぁ」

「夜はおじいちゃん、星をみて方角を決めるのよね、昔の舟乗りはみんなそうやったんでしょ」

老人はうなずく。

「夜の海か……広く、静かで真っ暗で。いろいろ考えさせられるわ」

「……」

「人間ってちっぽけなものね」

半ば独り言のように少女は言った。麦藁帽子をとり両膝ではさんだ。短い髪が乱れに乱れた。

「夜の海は荒れるの？」

髪が顔をおおい視界を妨げたが、苦にならなかった。

「荒れる時もあるさあ。静かな時もあるさな」

「怪物は出ない？」

「怪物？」

「何か巨大なものよ」

「そりゃ出るろ」

「どんなもの？……本当に大きいの」

「そりゃ大きい」

「どれくらい？……鯨ぐらい？」

「鯨の五、六倍はあるろ」

「どんな形？」

「いろいろあるさあ」

「色は？」

「黒っぽい奴さあ。半分や光にあたって銀色ろ。月の晩に限って出るろ」

「……おじいちゃん、確かに見たの？」

「みた」

「ほかにもみた人いる？」

「……海人なら昔からみてきてるろ」

「……最近もいるかしら」

「近頃やあまりみんさあ」

老人は海豚かなんかを鯨と思い込んでいるんじゃないかしら？　まれに鯨をみて、怪物と勘違いしているのじゃないかしら。

「詳しく話して」

「……」

「おじいちゃんがみたとおりに」

「……」

少女は息苦しくなってきた。

「……お前さん、どこに泊ってる？」

「美里食堂よ」

少女の喉から出た声はうわずっていた。泣きっつらが変に固くなった。老人は嘘をいったんじゃないわ。何かわけがあって詳細には話せないのよ。少女は信じた。なら初めから話題をそらせばいいのに。老人にはおっちょこちょいの一面がある。老人は遠くをみつめ続ける。話がとぎれても、長く黙っても、少女は気まずくなかった。海の怪物の話は禁忌なのだわ。老人はうっかり口をすべらしてしまったのよ。途中で気づいて、あわてて口をつぐんだのよ。西の空に最初の星がみえはじめた。

老人は出力をおとしていたエンジンを切った。夕凪で波がなかったが、舟はかなりの勢いで砂地にのりあげた。老人はすばやく舟を降り、艫《とも》を押した。少女はあわてて飛び降りた。二人で三押し四押しすると、舟は完全に水からあがった。老人は錨を投げ、底板に手をのばし、直径数糎の十米程の縄をたぐり、岸にうちつけられている鉄の杭に頭からかぶせた。縄の先は輪になっていた。少女は舟が流されないかしらと危惧した。老人は無造作だがすばやかった。早朝に出た多くの舟が杭にくくりつけられていた。大きさは多少違っていたが、形や黒っぽい色は似ていた。色は岩などとまぎれたが、ゆるやかな三日月形の形はすぐ見分けがついた。帰漁時のあわただしさの余韻がかすかに残っていた。何人かの漁師がいたが、おおうみにとりかこまれた薄暗い小さい浜では、かけ声や動きも気にかからなかった。老人は朝、積み込んだ品々をかかえ歩き出した。舟をみかえらなかった。何を急いでいるのかしら。少女は思った。

このままではおいてきぼりにされる。わきから魚を入れた袋をつかんだ。

「これ持つわ、おじいちゃん」

老人は歩調をゆるめ、大丈夫なといいながら袋を少女が受けやすいように向きをかえた。少女は両手で慎重にうけとった。死んではいたが生き物の確かな手ごたえを感じる。少女は浅瀬の水を力いっぱい踏みつけながら歩いた。冷たい水がズックにしみこむ。時々、砂に深くもぐり込む足を力を入れて抜き、進む。足が地についている感じがする。気がつき、老人をみた。かなり先を歩いている。少女はあわてて、浜にあがり、老人をおいかけた。両手で持っている袋が不規則にゆれ動き、気があせる。袋を強く握りしめている。大切なものだと感じた。やっと、おいついた。ようやく息が整った。老人の横顔をみた。

「おじいちゃん、夕食さ、私がつくってあげようか」

「……いいさよ」

老人は小さく横に首をふる。老人は足元に目をおとしていたが、背中がのび、疲れてはいないようにみえた。

「じゃあ、気が向いたら言ってね」

少女はすぐあきらめた。ことわられるのを多分に予想していた。老人は軽くうなづいた。部落のあたりは闇が濃くなっていた。湾に浮んでいる岩や岬もくっきりとした縁どりがぼやけ、周囲の靄のようなものに溶けこんでいる。老人と少女が砂を踏む足音も闇にすいこまれていく。二人は無言のまま歩いた。海には、そして老人には、もっといいものが、新しいものがあると少女は自分にいいきかせ、切れ切れに沈もうとする不安を払拭する。私が話しかければいつでも老人はいい間合で応えてくれるわ。妙な自信がでた。世の中の人々は、ほんとはみんなこの老人のようなんだわ。老人は変り者ではないのよ。

「おじいちゃん、明日も来ていい?」

老人は少女を向く。

「ねぇ」

「……来てどうするんが」

「とぼけちゃ、だめ」

「何が」

「また、乗せてよ」

「……また」

「本気よ」

「舟乗るのや命がけやろ」

「だから本気よ」

「ならんろ」

「どうして？」

「どうしても」

老人と対等だわ、私は。少女はうれしかった。

「私、おとなしくしているから……ねぇ、いいでしょょ」

「これきりやさ」

「迷惑なの？」

「そんなもんやあらん」

「じゃあ、なぜ？」

このようなやりとりを続けながら、なぜ、少女はこうまで執拗なのか、少女自身も知らない。私は舟に乗る必然があるのかしら。

「おじいちゃん、今日は疲れたでしょう」

少女は話を変えた。老人は小さく首を横に振る。

「私、疲れちゃった。骨も肉もくたくたよ。でも平気よ」

少女は気にはしなかったが、舟の上でも腰が痛くなったり、足がしびれたり、魚の尾びれに人差し指を痛め、小さく出血したり、軽い日射病にかかりかけたりした。自分の〈肉体〉を少女は自覚できた。

砂地をあがり、両側に石垣の続く道に出た。風のそよぎは弱いが、昼間とはうってかわり、涼しい。道幅は数米あるが、すれちがう人はいない。二人の前にも後にも人はいない。やがて、十字路に出た。老人は立ち止まり、少女から袋をうけとった。

「もう、いいさあ……ここをまっすぐ行ったら宿やさ」

右の露地を顎でしゃくった。

「おじいちゃんの家までついていってはだめ?」

老人は横に首をふり、「これ、やろ」と一匹の大きな青い魚を袋から取り出した。「おい」少女の顔面につきだす。

「いいの」

「ああ」

少女は生臭いものを素手で握るのが嫌ではなかったが、気軽に受けとれない。この魚は老人が懸命に遠い深い海からつりあげたものだ。食べると永久になくなってしまう。このような妙な感覚があった。

「遠慮やいらんやろ」

少女は受けとった。手が勝手に動いた。全身にずっしりした重さがしみこんだ。

「おじいちゃんは？」

「わしゃ、漁協さあ。こいつらをおさめになあ」

少女は握っている魚を老人にかえさないでもいいと思った。

「おじいちゃん、明日も乗せてね」

「ならんろ、さあ、行け」

「約束してくれなきゃ」

「わしゃ行くろ」

老人は左の道に歩きだした。

「おじいちゃん、今日はほんとにありがとう」

老人の後姿は足どりが重いように少女は感じた。一生懸命頑張っていると自分にいいきかせた。

「おじいちゃん、おやすみぃ」

十何米も進んではいなかったが、闇が老人の姿を消しかけていたので、少女は声を高くした。老人は無言だった。ふり向かなかった。〈これっきりやさ〉という声が頭の中に残っていた。少女はしかし、明日もきっと乗せてもらえると信じた。少女は目をこらして前方を注視した。闇が深く降り、老人はいなかった。

カーニバル闘牛大会

米軍カーニバルには満遍なく全島に巣くっている米軍基地の重い幾十ものゲートが沖縄の住民に開放される。

少年は本物の大砲や戦闘機や戦車などを見たり、触れたりするのを朝の二、三時間であきてしまった。ことさら、もの珍しくもなかった。もともと、さほど関心がなかったし、なにより長い行列にならぶのがおっくうだった。ついに、一緒だった秀雄が米国製アイスクリームをもらうため列にならぶと我を張ったので、少年は別れた。昨夜はウークイ（精霊送り）で夜をふかし、少年の胃にまだ餅やら、蒲鉾やら、肉やら、砂糖黍の甘味やらがもたれ、今さら何百人も先にいる列にならぶ気がしない。

芝生だけの原を一直線に果てしなく貫いている幅の広いアスファルト道路を少年はズックを脱いだり、はいたりしながら歩いた。やけていた。疲れた、一人歩きの足には、裸足はいい刺激だった。少年は喉がかわいた。口がすぼみ、つばが出ない。水が欲しい。部落では、どこにでも井戸があるのに、ここはどうしたもんだ。少年はふと心細くなったりする。アイスクリームは秀雄の番がくるまでに品切れになるはずだ。

少年は自分にいいきかせた。厚い木箱、トラック一台がすっぽり入ってしまうような長方体の木箱が並べられ、積まれ、少年がいくら歩いても右に左に両側に続く。大きな釘を打ち込んである頑丈なつくり。中身は何か。今日、初めて少年は疑問に思う。漫然と日々、みすごしているものだった。金網の外から小さく見えていた箱類が、このように巨大なものである事実を知って、少年は驚いた。

この年、西暦一九五八年は北中城村在のキャンプ・ズケランの瑞慶覧体育館横を舞台に特別に闘牛大会が催された。午後一時の開始には間があった。正午のサイレンが鳴ったばかりだった。少年は窓ガラスに鼻をつぶして、バスケットをしている二十余人の米国青年を見るのもあき、窓の下に坐り、ぼんやり前に目をやった。常日頃、金網の外から見、寝ころび、走り回り、ころげ回り、逆立ちしたいとすら思い続けた芝生は毛布のように暑苦しく、半ズボンの尻を突きさした。芝生は影をつくらず、大きく豊かにうねり、遠くの金網まで一面に拡がっていた。丘を走る金網の底から巨大な白い入道雲が湧き、固まっていた。集落で鳴いていたさわがしい蝉の声がなかった。きれいに刈り込まれた芝生はあたりいっぱい、陽にきらめき、白っぽい緑だった。尻の痛さがなかなか麻痺しないので少年は麦藁帽子を尻に敷いた。規模が沖縄一の体育館もぽつりとあった。体育館の影が幅一メートルほど落ちていた。かろうじて少年は灼熱の陽に直射されない。むらのないまっ青な中天に、一瞬見上げただけで額も目も痛くなる白光があった。あぶられ、体育館は体表がぼけている。少年が坐っている影の部分だけが、まっ黒く、視力がまともに通用した。はっきりしている場だった。じわじわ地から、じりじり天から、熱が湧き、落ち、事実、無音なのに妙にさわがしい、そんな日だった。

闘牛場は米兵が娯楽にフットボールやサッカーをやる広場に設営されていた。草が蹴られてはがれ、剥きでた朱色の土の上に真新しい丸木の杭を十数本打ち込み、丸い金属ロープを五段回してある。観覧席に簡易椅子が五百脚余置いてある。十組の闘牛はまだそろっていない。スタジアムから二、三十メートル離れた即製の杭に数頭がくくりつけられている。

突然、かん高いわめき声がした。男達が早足で一箇所に寄り、次第に群れ、囲みになった。少年は立ちあがり、麦藁帽子をかぶり、つなぎ杭付近にかけた。すでに五十余人の人垣ができていた。背が低い太った色黒の中年女が、つま先立って、前の頭と頭の間からのぞいていた。小学一、二年生の五人の子供達がじっと一点を見、妙な音のない笑いをしていた。女の足元に古いアルミニウム製のタライが置かれていた。中に十数本のコーラが浸されていた。少年はコーラを見、子供達を見、いかほどか、それを繰りかえした。汗がにじみでた。つばは舌に小さくすぼむ。中年女と目が合い、目をあわててそらし、人垣をかき分け、少年は中に入った。

やけに鼻の大きい、その鼻さえ見なければ沖縄人と見まちがう、南米系らしい小柄な男が、牛の手綱を持っている沖縄人の男にわめきちらしている。男は少し頭を下げ気味に、一言もなく、窮屈げな牛が首を振ったり、顔を上げたりするのをたくみに綱を引き、しずめている。こころもち、遠巻きにしている老若の人々は周囲の人と目をあわせたり、うなずいたり、小声で何か言いあったりしながら、外人を見たり、手綱もちを見たり、牛を見たり、そして黒い外国車を見たりしている。少年はやっと、人々の方言と雰囲気で訳がのみこめた。牛の数メートル後ろにある外国車を見た。助手席のドアがはっきりとへこんでいる。角でひっかいたらしい数十センチの白っぽい線が数条走っている。とすると、あのへっこみは、牛の頭突きの跡だ。しかし、あの天空に向いて真っすぐ伸び、両端がやや外に開いている短い角は、なぜ二つの穴をドアにあけなかったのか。少年は不思議がった。又、牛を見た。黄白色の大気ににぶく輝く、空の遠くの何かをめざしているような角は牛に先天性のもので特に変わりはない。うるおい、黒目がちの目のすぐ上に、大人のこぶし大の瘤を発見した。とすると、牛は頭突きではなく、あの隆起物をあてたのか。頭がばかでかい牛だ。大きな石のような重みがあるはずだ。外国車もむしろ軽傷ですんだ。

外人は、飽きず、変らず、見ひらいた目を目立たせて、少年がわけのわからない言葉を何かの実況中継のようにとどめない。暑いのか、おどしをかけるためか、花柄のアロハシャツのボタンをゆっくりと全部はずしてしまった。風がないので、上着はだらしなく垂れ下がる。下着をつけていない。まばらの胸毛の間に肋骨がうきでている。人々の白い上着、白い帽子は陽の強い白に稜線がぼけ、髪の黒、人々の目の黒、牛の黒が、さらに強まるなかで、外人のカラフルな上着や赤い胸の色はちぐはぐな異物だ。人は増えた。百人近い人垣は立ちつくしている。身動きもほとんどしない。どうしたんだ、みんな。少年は人々を見まわす。同郷の人が苛められているんだ。たった一人じゃないか。どうしたんだ。そのうち、外人は手綱持ちの男をヘイ、カマン、ヘイ、カマン、と手招き、きびきびとした兵隊のように、外国車に寄り、又、何か叫びながら、へっこんだ箇所を強く右こぶしでたたいた。指二本分ほどの小片が三つ四つはげ、落ちた。よくみがいた黒肌から銀色のあばた顔があらわれた。これを見、外人はとうとう我を忘れ、靴でドアを続けざまに蹴っとばした。序々にあばたはひどくなる。周囲の人々の輪は少しも拡散しない。動揺する様子がない。外国車を傷つけたのは大変な事件だと人々は思っている。しかし、まちがいなく牛がやった事で、牛が悪いと思っている。自分には関係ない……。

発砲するんじゃないかと少年は恐れ、大人用の麦藁帽子のつばをつかみあげ、視野をよくした。しかし、大勢いるんだから平気さという気持が強い。見たところ、ピストルも見えない。牛の手綱を持っている男を見た。相変らず、心もちうつむき、外人の足元を見ている目は動かない。手ぬぐいを巻いた頭に陽が直射し、耳のつけ根からびんたに汗が流れている。トガイー牛の、この手綱持ちは隣集落の二十歳すぎの青年だ。少年が挨拶がわりに笑ってみせても、不愛想に見つめるだけの、この男を日頃少年は嫌っていた。顎をあげ、にらみつけるようで、それでいて妙に輝きのない、あの目が今はない。伏し目がちに下を見続け、まばたきもしない。ざまあみろという気がおきたが、すぐ消えた。牛を闘わせている時の青年のあの威勢のよさが嘘のように感じられた。戦意のない牛を何度もじだんだを踏み、ハイー、イヤーイヤーイヤー、ヒヤーッと悲鳴のようなヤグイをかけ、叱咤し、ぶち、無理矢理闘わすのに、今、自分が闘わないのはどうしたことだ。どうして、こうも変わってしまうのだ。手綱をとりながら、敵の目を盗み、卑怯にも相手牛の目に砂をかけたり、鼻をなわでぶったりするという噂のある男が、こうもおとなしくなれるのか。牛は、牛だけが体をもてあまし、じっとしない。普段とかわらぬ平気な顔だ。牛は外人にはやく消えろ、うるさいハエだといわんばかりにしっぽを振ったりする。一人で闘いなれた牛は、どんな時、どんな場でも余裕たっぷりである。かえって、群をわずらわしがる。外人が闘いをいどむなら、いつでもうけて立つという牛の内心は、黒い巨体をぶるんぶるんと大きくゆすっているしぐさから察せられる。目は黒く澄み、うるおっている。常勝の者の目。自負と天寵にささえられた目。真の勇者の持つ、やさしい大きな目。そして角。無敵の象徴。この世のいかなる強敵にも絶対の自信でたちむかう、この土色がかった白い固い角だ。少年は牛を見、漠然とだが、そのように感じた。まわりに大勢、寄り集まっている人が、幼児のようにみえた。劣等で非力にみえた。

青年と同じハッピ、青地に酒造会社の宣伝文字がはいったハッピを着た手綱もちや緑地に清涼飲料水会社の宣伝文字がはいったハッピを着た手綱もちが数人青年の後ろにいた。何事かを考えているふうに腕組みをし、身動きせず、じっと外人を見、時々、牛や青年を見る。彼等に混じって、この牛の飼い主らしい中年の男が、やはり腕を組み、外人の様子をうかがいながら、思い出したように、そばの人に一言二言何かをささやいたりする。

闘牛で負けた牛、傷ついた牛を飼い主はすぐ、つぶして食べてしまうのを少年は何度も見、聞きしてきた。ふと飼い主らしき男を見た。少年は気がかりがし、幾度も牛と男を見くらべた。小さい時から昼夜、懸命に育てたはずの牛を、負けたから牛肉にしてしまう飼い主の心状がしれなかった。何の迷いもないものか。あの毛のなめらかさ、あの体のぬくもりを簡単に忘れてしまえるのか。人間が造ったもんじゃない。時には誰にも、他の人間には誰にも言えない飼い主本人の哀しみをわかってくれる、この世で唯一の存在にさえなるはずだ。また漠然と少年は思った。この牛が、一年前、西原村翁長の人が那覇市の牛肉センターに売ったのを、たまたま居あわせた闘牛好きの宜野湾に住んでいる山城さんが角の出来ばえと騒がしく鳴く声にほれて買ってきた死にぞこないである事実を少年は知らない。

　人垣は少年が見まわすたびに厚くなっていくように思える。しかし、相も変わらずこの外人の、沖縄人の体軀と変わらないチビ外人の一人舞台だ。少年は人垣を目でかきわけ、これはと思う人間を探した。いる、少年の向かい、前列の方に並んで腕組みをしている大工と軍雇用員は少年が知っている青年だ。背が低く、上半身に筋肉が盛り上がったかっこうが同じなら、胸を張って、足を横に不自然に開き、歩くかっこうも似ている。また、いずれも悪人相である。少年は、その悪人相をたくましく感じた。頬骨が出、顎が張り、濃い髭そりあとが、黒い顔にもはっきりとわかり、大きい目が脂ぎっている悪人相は、チビ外人の細長い顔に不均合いの厚い唇と、高く大きい鼻より、幾倍も強い威圧感をもつ。それから体の筋肉のつき具合など一目瞭然だ。万に一つもチビ外人に敗けるはずがない。どうして喧嘩しないのか。少年は不思議がる。味方が百人もいるのに。自然、少年の目は別の人間を探す。当間のタンメーは常日頃、僕達を集めて空手を披露し、自慢しているのに。もしかしたら、あれは子供だましだったのかな。しかし、腕を組んで堂々と立ち、チビ外人の後姿を凝視はしている。一歩を、まもなく踏み出しそうな身構えではある。それにしても構えが長すぎる。タンメーもあてにならん。伊波のタンメーも腕を組んで立っている。妻と一人っ子の子供を十数年前の戦争で亡くし、淋しさをまぎらすために牛の調教にあけくれていると聞く。普通の家庭ではとうてい食卓に出せないような米や豆腐や卵や南瓜や廃鶏などをごった煮にした豪華仕立てを牛に常食させ、ために、かなりの土地を売り払ったと聞く。タンメーの牛は強力だが、身動きしないタンメーはあてにならん。信彦ヤッチーは背が高いので中ほどの群にいても見つけやすかった。今日はサバニを出さなかったのかな。漁師のヤッチーは褐色の腕の筋肉に血管がうきあがり、一度手をつないだ時の固い大きな手、強い握力を少年は思いうかべたが、アイロンをかけたズボンと白の開襟シャツ、磨いた革靴が変にうきあがって別人の感だ。日頃のたくましさがみじんもない。禿げた、でっかち頭の吉村さんは教頭出身で、標準語が達者なせいか、地元の信望が厚く、集落のいろいろなとり決めや選挙などで決定を左右する強い力をもっている。しかし、後部のほうから強いて前へ出ようとはしない。麦藁帽子で禿を隠しているので、顔や首すじのしわがめだち、急にふけ込んだように感じられる。少年はしばらく吉村さんから目をはなさず、ちらっとはなしても、すぐ、また、見続けた。吉村さんの隣にいるのは家畜の屠畜をなりわいにしている比嘉さんだった。日頃、めったに笑わない、大きい目をぎらぎらさせている小太りの中年男の今の目は変に静かだ。その隣に、女はむだめし食いときめつけ、結婚もしないで、牛と寝起きをともにし、牛の調教に生きている、少し、背中のまがった痩身の津波のおじさんがいる。この、おじさんは死にひんした老牛を三日三晩ねずの看病をし、かいなく死なせ、三カ月余も酒びたりになり、神やら何やらを呪いながら泣きあかし続けたという希代の愛牛家だ。しかし、チビ外人が牛に手をかけていないせいか、無表情、無頓着だ。

そうだ。少年はふいに気づく。一郎ニンセーだ。鼓動が高くなった。目を見はって人々を見わたし、それらしき者がいないと知り、今度はゆっくり、ていねいに一人一人を注視した。いない。逆の順序に探しなおしてみる。やはり、いない。少年は残念に思う反面、妙な安堵感も出る。一郎ニンセーなら、躊躇なく飛び出すんだがなあ。あの城間での闘牛大会はまだ二カ月にもならない。牛ががっぷり四つに角をかけあい、鼻先を地にすれすれにおろし、微動だにしない時だった。しびれを切らしたのか、一人の大柄な、上半身裸の若い米兵が飛び込んでいったんだ。確かに長かった。うだるような午後の陽に体中の水分と活力を抜かれたのか、腹で早く大きい息をし、長い薄汚れた白いよだれをたらした両牛は八肢をさらさらした、やわらかい土にうずめ、僕は何度も小さいあくびをもらし、なんで、牛はそんなにまでして闘うんだと思ったもんだ。赤ら顔が陽に焼かれ、おまけに何本もビールを飲んだ、この赤面の大男は柵近くの土俵で水入り前のすもうをとっていた牛に大股で近づき、かわりばんこに、両牛の尻をけっとばし、しっぽをとって、むやみやたらに振ったりしたんだ。土俵のふちに坐って牛の綱取りの交代を待っていた一郎ニンセーが、すぐさま何か叫びながら、かけ寄り、大男がいうことをきかないとみるや、その太い腕を後ろにねじ曲げ、ひったてていったんだ。大男は一七二センチの一郎ニンセーより、なおも高く、一郎ニンセーはつま先を立てるような、顎が上を向いているような変てこな歩き方だったが、立派だったなあ。大男が左手のビールビンを終始はなさなかったのも何かぎこちなかったなあ。人々は口々に騒ぐだけで、あの時も何もしなかった。一郎ニンセーは躊躇しないんだ。一郎ニンセーがいたらなあ。こんなチビ外人なんか、すぐさま、とってなげるんだが。それにしても、外人は牛の恐さを知らないんだ。

少年はまた、まわりを見る。米国製の濃緑のサングラスをかけた人が多い。似合わないと少年は感じる。角ばった顔にでかいサングラス。細い、小さい顔にでかいサングラス。低い鼻から重そうにずれ落ちているでかいサングラス。手ぬぐいのほおかぶりにサングラスという何人かは明らかにこっけいだ。麦藁帽子が陰を深くしている顔のサングラスは、しかし、何か異様だ。素足より二文は大きいであろう米国製の革靴を履いて、チビ外人の横三メートルほどに立っている口がすぼんだ小太りの老人は、二、三年前、なんでも軍用地料の一括払いを米国民政府から受けとって、少年の両親、祖父、近隣の叔父などに激しく攻撃された、少年の親戚のハギー（禿）タンメーだ。南米に移民するという噂もひろがっていた、この禿頭の老人は、その金で闘牛を二頭、乳牛を三頭買ったという。チビ外人に近づきすぎてはいないか。ふと少年は危惧した。何かの拍子で、まきこまれ、なぐられる恐れがある。少年はしかし、すぐ目を移した。宮平さんの顔も異様に見える。背が低く、毛深い色黒の宮平さんを見、誰も英語がわからないから助太刀にでないのかなと少年は思いなおす。宮平さんはアメリカ人専用の大型タクシーの運転手で、軍施設内もしきりに出入りしているんだから、充分英語を聞き、話せるはずだ。少年がしばらく注視しても、顔の表情がはっきりしない男は腕の組みかえもしない。ふいに、少年は英語がわからなければ方言を使っていいじゃないかと思いなおす。目を移したが、いちいち探すのはおっくうになった。

「ヤナ、アメリカーワァー、タックルセー（いやなアメリカ人をやっつけろ！）」突飛に声がした。若者の声のようだ。ずっと後方からの早口だった。少年はよく聞きとれなかった。耳をすました。声はそれっきり、ない。ざわめきが、どっと増えた。多くの者が声の主を探すように顔をふり向けた。さらに言ってもらおうとするしぐさだと少年は感じた。今度は先程の真向いあたりから声がした。「ヤサ、タックルセー（そうだ、やっつけろ！）」かん高い、しかし、遠く、やはり早口だ。人々はその方向に顔を向け、一瞬、黙った。声の主は二言目はない。ざわめきが生じ、しだいに拡がり、高まる。すぐ真近でなければ人々は声の主を発見できない。大声の主達は、このチビ外人をやっつける気が本当にあるのかな。少年は疑った。だが、期待もした。誰か、この丸い輪の中から、我こそはと出てきそうな気が、やはり、する。

少年はまた、男達を見まわした。浅黒い顔は麦藁帽子の濃い影に隠れ、表情がはっきりとしない。ために、濃い髭そりあとが獰猛な感じがする。暗闇に光るマングースの目にも似る脂ぎった、幾百の目は何を見、何を考えているのか。麦藁帽子のつばを前にたらし、深くかぶり、顔を隠している者も多い。三、四人ずつかたまり、話し合っている声は低く不鮮明で、たまに聞こえる一言二言で方言だとやっと少年はわかる。

少年は人々が一様に棒立ちになっているように感じた。周囲と話す時も目はチビ外人と牛と手綱もちからはなさず、体をゆすったり、姿勢を変えたりもほとんどしない。だから、チビ外人のふるまいを幾倍も仰仰しくしてしまう。わめきながら、交互に牛と外国車を指さすたび大きな指輪がひんぱんにキラキラと陽に光る。妙に、それが、少年の目にのこる。

人々の輪が幾分、拡がってしまったように少年は感じた。チビ外人が気ちがいじみてきたと人々は恐れだしたのかも知れない。チビ外人は帽子をかぶっていない。ちぢれた短い茶髪にくしを入れた痕跡がある。陽は瞬間もかげらない。無限の白い空間に熱は満ちている。チビ外人は頭蓋骨を直射されている。脳みそがにえたぎっているはずだ。少年はこのように、ふと勘ぐった。執拗すぎる。尋常の怒り方ではない。チビ外人の髪の毛がぬれているのは、あれはポマード油ではなく、にじみでている汗だ。頭の汗は顔に、首すじに幾条もたれ、流れ、背中に入り込み、だぶだぶのアロハシャツがぴっちりと皮膚にくっついている。頭をやられないはずはない。暑さのせいだ。外国人がこんな暑い所にいるのは場ちがいだ。帽子を深くかぶり、上着のボタンをちゃんとかけていたほうが、より防げるのに。何もわかっちゃいないんだ。そうだよと自説を証明するかのようにまた、少年は人々を見た。まわりを見てごらん。ここで生まれ、育った人達だけなんだ。暑さなんかにはびくともしない。首すじや腕ににじみでている汗をふこうともしない。気にならない。何時間でもじっとしておれる。僕も平気だ。ランニングシャツと半ズボンの僕だって、暑さなんかへのかっぱさ。少年が考えるように人々は傍観しているわけではない。一様に冷静に見える人々が深くかぶった麦藁帽子からのぞく、その目はまばたきがなく、黒光りし、無言の援助を手綱もちの青年に与えている。人々は、よく知っている。何も文句を言わず、手を出さず、じっとしておけば、すべてが丸くおさまる。手綱もちも耐える。周囲の人々も耐える。何も苦痛ではない。手綱もちを人々はかわいそうだとは思っていない。首を終始うなだれ、チビ外人が語気を強めるたびに、しきりにうなずいている手綱もちは内心チビ外人にうわの空で、闘いたくて、首を振ったり、顔をあげたり、胴体をゆすったり、尾を回したり、四肢でかわいた土をかき上げ、土けむりをぼうとあげたりする牛を手綱で巧みに制御している。

牛はじっとしない。牛よ闘えと、不意に少年は思った。こんなチビ外人に馬鹿にされるな。牛の猛進と、あの鋭い角の恐さをチビ外人は知らんのか。なおもガミガミ言うのなら、牛が怒るぞ。牛が怒れば自動車だけじゃすまされんぞ。この牛の番付はどこか少年は知らない。しかし、闘う牛はどのような下位のものでも、どのような人間よりも強いと少年は信じている。おとなしいだけではない風格を感じる。チビ外人は知らないんだと少年は思う。知らなければ、思う存分知らしめる必要がある。あっと少年は思いあたった。この牛は飼い主が立てといえば立ち、坐れといえば坐るという物知り牛だ。清ニイサン、知らんふりをして牛をけしかけてやれ。少年は手綱もちを強く見た。チビ外人なんか、あわをふいて一目散に逃げまどうはずだ。手綱もちは顔をあげない。少年は声に出して言おうと思った。方言で言えば、チビ外人はわかるまい。しかし、声が出ない。何度も、チビ外人を、手綱もちを、牛を見、何度も口をひらきかけ、そのつど、つばをのみ、下唇をかんだ。次第に飲むつばもかわき、なくなった。周囲の人々は手綱もちがたえているのを実感できる。無言で通じ合っている手綱もちと人々。共通のものだ。一人と残らず、めくらめっぽうに暴れろ。少年は思った。なら、僕も暴れる。少年は大開きのチビ外人の口に大きな石でも強引につっこみたくなる。石。そうだ、石を牛に投げ、暴れさせ、外国車を壊してやろう。徹底して壊せば、もはやチビ外人も文句は言わないはずだ。石を探した。一個もみつからない。残念がる反面、わけのわからない安堵感が出た。入念に再び探す気はない。群衆の無力さは子供にも劣る。少年は思った。牛しかない。このように大勢の人々から注目されても委縮しないチビ外人を少年は瞬時、羨望した。真昼の陽は真上にある。朱色のかわいた土に短く、濃い影の群れがだんまりとしている。

このチビ外人は確かにしつこい。牛と外国車をしきりに指さし、同じ文句を何度も繰りかえしている。他のアメリカ人とあきらかに違う。少年は感じた。アメリカ人は、このような場合、激怒はする。しかし、弁償の事務手続きか、あきらめるかをすぐになす。このチビ外人は怒りたかったのかもしれない。本当の怒りではないような気がする。いつもはいじめられているのではないだろうか。そのうっぷん晴らしではないか。

いつのまに、巨大なマンスフィールドさんが人々をおしのけて、輪の中に出てきたのか、少年は知らない。とりまいている人々の顔を注意深く何回も見まわしたはずだ。無意識に少年の目は「沖縄人」を探していたのか。それにしても、身の丈百九十五《チセン》、体重百三〇《キロ》の体が目に入らないはずはない。「沖縄人」とはけたが違いすぎて発見できなかったのか。それとも、マンスフィールドさんは今、近くを通りかかり、一瞬の躊躇もなく進み出たのか。

マンスフィールドさんは大きな太鼓腹をチビ外人の鼻先にせり出し、英語で何やら言う。低く、力強い、はっきりした声だ。かん高いチビ外人の英語が急にたよりなくなった。マンスフィールドさんの顔を真上に見ながら、チビ外人は外国車と牛と手綱もちを指さす、何十回も繰りかえしたしぐさをしながら、早口も変えない。しかし、キッキッとする音が幾分、少なくなったように、少年は感じ、チビ外人が大変、貧相に見えてきた。言葉が多くなればなるほど、追いつめられた弱者がしきりに命ごいをしているように、水を失なった金魚が全身をはね、目をむき出し、大きい口をぱくぱくさせているように感じ、少年は気分がさっぱりした。

突然、「アキサミヨー」とちぐはぐな、妙なイントネーションでマンスフィールドさんが叫んだので、人々は思い思いに大きな声で笑った。少年ははっとし、歯を見せたが、笑い声はすぐには出なかった。笑い声はうねりをもち、容易には静まらなかった。やっと余韻となった時、二十四、五歳の痩せた男が意を決したように数歩、進み出、かがんで、外国車の傷をさわりながら、牛の角を見あげていたマンスフィールドさんの耳元で何か言った。マンスフィールドさんは二言三言、その男に聞き、すぐ要領がわかったようにうなずきながら、両手を腰にあて、じっとしていたチビ外人に向い、流暢な英語で話した。長かった。説得しているようであった。マンスフィールドさんは日本語を話す時はあれほどぎこちないのに、チビ外人に対しての英語の迫力がある、とどまりのない話しぶりは少年を驚かした。男は、牛が入退場する真際の場所に外国車を入れたチビ外人が悪いとマンスフィールドさんに耳打ちしたはずだ。実際、試合を待つ牛をつなぎとめる杭はここに設けてある。ましてや、外国車などどこにでも止められる広大な場所なのだ。なんで、わざわざ……と少年は思う。マンスフィールドさんはチビ外人の、そのしくじりをはっきりと指摘しているはずだ。闘牛というのが闘いたくてうずうずしているのはわかってもいいはずだろう。闘いにここまで、わざわざきているんじゃないか。外国車をとめるもんが悪いよ。アメリカ人のものだろうが、誰のものだろうが、牛はへとも思ってはいないさ。もしかしたら、アメリカ人のものと知って、わざとしたのかも知れない。物知り牛だからな。飼い主はアメリカ人嫌いのはずだ。きっと、教えこんでいるに違いない。少年は動悸がした。何か異様なものを少年は次第に感じた。確かに、英語ではなしまくっているマンスフィールドさんは別人のようではある。それよりも何よりもマンスフィールドさんが怒っているのだ。マンスフィールドさんが怒っている。顔いっぱいに湯気のしずくのような汗をにじませ、ぽたぽたたらしながら怒っている。これは少年が信じがたいことだった。

近隣村内の闘牛大会に常時、巨大な姿を見せ、闘牛開始前、終了後、少年達を集め、頭上高くさし上げたり、肩車をしたり、腕にぶらさげたり、珍しいおもちゃをくれたりする、あの時の赤ら顔のマンスフィールドさんとは違う。顔に肉がのりすぎ、目が小さく、小さい口に白い歯を見せ、終始にこやかな、あの顔は今、微塵もない。少年はあのマンスフィールドさんを懸命に想起した。闘牛場で、マンスフィールドさんはよく大きなポケットから、少年達が初めて見る芳しいアメリカ菓子を出し、少年達にあたえたので、少年達はしょっちゅうマンスフィールドさんに群れた。そして、てれ笑いをしながらよくせびったものだ。マンスフィールドさんは顔おぼえがよく、少年達が一度、菓子をもらい、知らんふりをして二度手を出すと、オー、アンタ、二カイネなどと言い、おおげさに顔をしかめ、太い人差し指で軽く額を押すのだ。それは妙に愛嬌のある、親しみやすい顔で、少年達は調子にのり、ますます、何度も手をさし出すのだった。

やはり、別人のようだ。少年は思う。同一人物とはどうしても思えない。マンスフィールドさんのユーモアも少年の印象に残っている。いつの闘牛大会でも決まってやる癖に、このようなものがある。

ものすごい力を出しているので、引くにも引けず、押すにも押せず、力が互角の牛は角をかけあい、八肢を土にもぐりこませたまま、じっとする試合も多い。手綱もちは、きき足をあげ、地面をたたき、手綱を巻き、はなし、引きながら、さかんにヤグイをかける。そのうち、葉巻かなんかをくゆらしながら、のんびりと牛が動き出すのを待っていたマンスフィールドさんが、手綱もちのヤグイの間に大声でヤグイをかけはじめる。絶妙なタイミングである。しかも、手綱もちの言葉をまねして、すぐにくりかえすので、観衆は爆笑だ。「アリヒャー」といえば「マーヤー」、「ハィーッ」といえば「ファー」「チャーサガ」とか「アリサッサ」などはうまく聞きとれず、何か、奇声を発する。なかなか笑わない少年だが、涙をためて笑ったものだ。場内のすみに坐り、コカコーラを飲んだりしていた交代要員の数人の手綱もち達も笑いをかみころさない。闘牛にまっ最中の二人の手綱もちのかしこまった顔が場ちがいの感じがした。

こういう有様も少年は思いうかべた。去年の夏。安慶名闘牛場での大会。先の大会で左角を集中攻撃され、根元が安定せず、ぐらぐら動いていた伊祖一号というタッチュー牛が、数メートル先から猛進し、割りをみせた。がぐっと大ハンマーと大ハンマーを激突させるような、鈍い、大きな音がした瞬間、伊祖一号の左角がすぽっと抜け落ちた。抜けた角のしんから血がどっくどっくとあふれ、額、顔面、耳のつけ根から首を濡らした。牛達は、かえって発奮し、相手牛の、或いは自分の頭を砕かんばかりに、激しく割り、割りかえすので、湧き、したたり落ちる血はとどまりがなかった。鮮血はやがて、どす黒さが混じり、まもなく、血のりが黒く、べっとりと固まった。少年の近くにいたマンスフィールドさんは次第に顔をおおげさにしかめ、オー、カワイソー、モウ、イヤ、ヤメテーなどと頓狂に叫び、いないいないばあで赤ん坊をあやすように、両手で顔を見え隠れさせていたが、愛用の折りたたみ椅子をもって、後ろの群衆の中に静かに消えた。何番も、まだ、取り組みは残っていたし、この勝負が果たして、どのような結果になるのか、少年は夢中だったが、目を赤くはらしたマンスフィールドさんのあの姿は強く印象に残っている。確かに尋常な闘いではなかったが、マンスフィールドさんの巨体に圧倒されていた少年は、何だ臆病だな、なりが大きいだけかと思った。少年はマンスフィールドさんを好きになったような気がした。

あの時、マンスフィールドさんは怒るべきだったと思う。血をしたたらしてまで、闘わす手綱もちや飼い主や、大会主催者を、興味深く見ている観衆を、その闘っている闘牛をさえ。今、このチビ外人を怒るより、あの時、怒っていたほうが、より自然だと思う。又、同国人を怒るより外国人を怒る方がすじが通っていると思う。汗で輪郭が陽に光り、小才をろうせず、確かな手ごたえで大地を踏み、黒く丸い巨石のように猛進し、まるで魂のとどろきのような地鳴りさえ、観衆に感じさせ、その瞬間に全身、全力を集中し、一切が無く、一切を迷わず、一割りするごとにひと握りずつ相手牛の毛をむしりとる割り技で長く名をはせていた牛は、定石通り、一生最後の割り技を打ち込んで、その日の夕方、つぶされた。眉間に大ハンマーを軽くひとふりすると、すぽとハンマーのつけ根までめり込んだ。

口数が次第に少なくなり、黙ってしまったチビ外人は、ふいに大きく二、三回うなずきながら、笑い、手をさしのべた。声のない笑いだった。うす黄色い大きめの歯だった。少年は異様な感じがした。マンスフィールドさんは何か言いながら、グローブのような手で、すぐ握った。チビ外人は口を大きくあけて、喉がかれたような笑い声をたてた。又、不自然に少年は感じた。

チビ外人は横目で瞬間、手綱もちを一瞥し、外国車に乗り込んだ。マンスフィールドさんを背にし、ちょうど少年を正面に向いて坐り、アクセルをやけに高くふかし、排気ガスと土けむりをたてて、乱暴な運転で去った。

少年はチビ外人と目があったと感じた。ふさぎこんでいるような顔を少年は見た。わけは知らないが、なまじっかに妥協し、チビ外人は今夜はねむれないのかも知れない。チビ外人はどうして、とことん意地をとおさなかったのだろう。少年はふいにチビ外人がかわいそうになった。両手をあげたり、肩をすくめたりする、おおげさないつものマンスフィールドさんの癖が偽物にみえた。どこかぎこちなかった。赤みがかった小さめの唇が毒々しく思えた。三、四人の若い男達がかなり達者な英語でマンスフィールドさんと話しあっているのに少年は気づいた。人々の輪は、しかしほとんど縮まっていない。マンスフィールドさんと一定の距離をおいている。隣と何人かのかたまりを幾つもつくり、低い小さい声で話しあっている。やっと聞きとれる方言から、一様に安堵はしているが、あたりまえの事で、特に喜ぶもんでもないという平然さが察せられる。とすると、少年は思う。これらの人々も、マンスフィールドさんをきっと不気味に思っているのだ。本心から喜べないではないか。マンスフィールドさんにかけ寄り、よくやったと、たたえ、体に触れたり、胴上げしたり（これは、よしとしても）、少なくとも、サンキュウの一言ぐらいかけてもいいはずだ。一向にそれがない。

手綱もちの若い男は逆だった。外国車が去った直後、頭に手ぬぐいをまいたままマンスフィールドさんに深く無言でおじぎをし、二本の角以外は不純物をよせつけない黒いビロードのような、なめらかな全身の毛並が光る牛をひきずって数歩いっては立ち止まり、振り返り、おじぎ。人々の垣で遮断されても、マンスフィールドさんの頭はとび出ているので遠く、目鼻がかすむまで男のおじぎはくりかえされた。何度立ち止まり、何度ふりかえり、何度おじぎをしたことか。

頭のてっぺんに、ちょこんと乗せてある愛用の蒲葵《びろう》葉製の笠の妙な不似合さが少年は気になった。「沖縄」産の感じを急になくした。マンスフィールドさんは、青いタオルでしきりに顔や首や腕の汗をふいているが、そのクバ笠の顎紐をはずそうとしない。

ジョージが射殺した猪

二日後がペイデー（給料日）だ。ジョンたちは少額の金しかもってない。ジョンたちはすぐドルを使いはたし、そのうち、ジョージも貸すドルがなくなった。ホステスたちはいつものように腰をすえて相手にしなくなった。入口のドアにひんぱんに目をやるのをジョージは気づいていた。客がくるのを待っている。ジョージは出たかった。しかし、言いだせない。ばか騒ぎしていたジョンたちも次第にぎこちなさを感じだしたようだ。ウイスキーはとうに一本空になっている。ホステスたちはキャッシュ（現金）、キャッシュといい、代わりを出さず、乳房や太股も触れさせない。ジョンもワイルドもワシントンもくすぶっているようにみえる。三人とも赤ら顔で太っちょだ。どの顔もますます赤らみ、どの巨体も小きざみにいらだっている。何かのきっかけですぐさま叫び、暴れだす、そのような気配を感じる。ジョージはまだ、おちついていた。しかし、仲間の異様なふんいきで小さい動悸がする。中途半端が一番いけないとジョージは思った。飲まぬなら一滴も飲まず、飲むなら酔いつぶれるまで飲み、ホステスとペッティングやセックスまでする、そのようでなければならない。

二人のホステスが何気なく静かに立ちあがり、ドアに向かった。赤黒い日焼け顔の白人が入ってきた。彼らは三人とも大きい目玉をギョロギョロさせている。ベトナム帰休兵だ。ジョージはすぐわかった。このような帰休兵は金づかいが荒い。Aサイン（米兵立入許可証）バーのホステスは彼らを〈山男〉と呼んで、至れり尽くせりのサービスをする。最高の金づるなのだ。ジョージたちは彼らに一目おいている。ジョージたちは米本国からきたての、まだ沖縄勤務の兵隊で、百戦錬磨の彼らは実戦の先輩なのだ。彼らはしかし、寝てもさめても戦争が忘れられないんだとジョージは思う。いくら飲み、いくら騒ぎ、いくら遊び、いくらセックスしても戦争気分からぬけられないんだ。彼らは常にピストルやジャックナイフをポケットにしのばせ、基地内ではともかく、いったん基地外に出ると数限りない暴行を犯すんだ。ジョージは反面、彼らを軽蔑していた。

とうとう、一人残っていたホステスが立ちあがった。すぐ、ジョンが毛深い太い手でがっしと女の左腕を握って、わめいた。俺たちをおいていくのか！　俺たちの相手は誰がするんだ！　劣等民族のくせにばかにする気か！　右手でジョンの頭を押したり、腕をふりはらおうとする女をジョンは強引に引っぱり、ひざの上に倒した。両側からワイルドとワシントンが女の手、足を押さえた。ワイルドがヒステリックに叫び、足をけりあげている女の薄い黒い下着をおろし、高笑いしながらジョージの顔に投げた。ワイルドは足を女の股にこじいれ、たくみに女の足をひろげ、マッチをつけ、女の両足のつけ根を照らし、大笑いする。ジョンもワシントンも首を曲げ、体をよじり必死にのぞきこみながら笑う。ジョージは顔をこわばらせたまま、みつめる。女は全身をばたばたさせ、わけのわからぬ言葉でわめく。ジョンがハンカチで女の口をふさいだ。ワイルドは女のヘアを焼く。ヘアはジジとちぢれ、ちぢみ、すぐ火は消える。ジョージはふと、〈山男〉たちをみた。〈山男〉たちは薄笑いしていた。ホステスたちがしきりに、ジョンたちを止めるよう、〈山男〉たちをうながしているようだ。〈山男〉たちはじっとみたままだ。女は肌に密着した厚めの白いドレスを着ていた。ジョンたちはしきりに脱がそうとするが、ままならない。ワシントンがジャックナイフをとりだした。少しあいている女の胸もとに入れ、腹部にかけて切り裂いた。女は暴れた。死にもの狂いにみえた。ジャックナイフは女の皮膚に触れ、血がドレスににじみ出た。女はハンカチの中で歯ぎしりしているとジョージは感じた。目がみひらいている。ジョージは立ちあがり、シートのすみに寄った。ワシントンはジャックナイフで女の首や顔面をなでまわしたりする。顔は笑っているが、あれは冗談じゃない。ジョージは動悸がおさまらない。酒の酔いとはちがう。ふいに目をくり抜き、鼻をそぎ落とし、頸動脈をかき切るかもしれない。すべてのホステスがジョンたちを囲んで何かわめいている。嘆願しているようでもある。怒っているようでもある。悲しんでいるようでもある。ジョージはよく知らない。一人のホステスが後ろからジョンのあごに両手をかけ、思いきりひっぱった。ジョンはあごをあげ、苦しがったが、目の上の女の顔をギョロリとにらみ、右こぶしを握り、女のあごに突きあげた。ガクッと変な大きい音がした。女は無言のままフロアに崩れた。女たちはいちだんと騒ぎ、しゃがみ込み、又、騒ぎながら、数人で女をカウンターの上に運び寝かせ、氷をつつんだタオルであごを冷やした。そして又、ジョンたちを囲み、カウンターの女をゆびさし、一人残らずわめく。〈山男〉たちも立ちあがっている。両手を腰にあて、組み、ポケットに入れ、仲間どうし何か言いあい、笑いながらみている。ワシントンのジャックナイフは今、女の小さい扁平の乳房をはっている。黒く大きい乳首が、ゆっくり回転している青い光の中でもめだつ。子供を五、六人も産んだ四十近い女だとジョージは思った。厚化粧の下の顔も血色がなく、皮膚がたるみ、かさかさになっているはずだ。アメリカ合衆国軍人がそんな女をもて遊んでいる。ジョージは胸がむかついた。早く強姦してしまえ。すめば、俺がピストルで射ち殺してやる。二人の女がジャックナイフをうばいとろうとワシントンと、もつれあい、二人とも腕を切られ出血した。一人の女は出血がひどく、おしぼりを二枚押しあてて、カウンター内にうずくまった。ワシントンはよほどしゃくにさわったとみえる。ワシントンはこの二人の女を目で追い、女の肩をはなし、立ちあがった。女は身をもがいて、身をおこした。ワイルドの足につまずき、しかも、ジョンの手を強くふりはらった反動で女はころんだ。ころんだまま女はフロアを四つんばいになって逃げた。ワシントンが女に馬乗りになり、何か叫びながら、背中や尻の服地を切り裂いた。又、白地に血がにじみでた。女は口をふさがれているハンカチをはずせなかった。女が泣き叫んでいるのはわかる。つけまつげがゆがみ、アイシャドウがはげ、おしろいがおち、厚くぬった唇がゆがみ、醜い女だとジョージは思った。女はようやくワシントンを振りはらい、トイレをあけ、中に入った。ワシントンはジャックナイフの柄をドアにはさみ、ドアがしまり鍵がかかるのを防ぎ、両手でドアのノブをひっぱった。ジャックナイフがフロアに落ちた。すごい勢いでドアはあいた。ワシントンは尻もちをついた。小太りしたホステスが拾いあげたジャックナイフをワシントンにかまえた。ワシントンはすぐおきあがり、トイレのドアに群れている女たちを大声で威嚇し、女たちがひるんだすきにトイレに入り、ドアをしめた。鍵をかける音がした。と思うと、すぐ、ドアをたたく音、悲鳴、ののしっているらしい声、うめき声、けたたましい笑い声、どなり声、それらがごっちゃに混じり響く。

女はハンカチをはずされたらしい。ホステスたちはかわりばんこにノブをまわし、引き、ドアをたたき、女どうし何か言いあい、中の様子を懸念している。

ジョンとワイルドはだいぶ冷静になっていた。それでも、ふいに高笑いしたり、どなったりする。ジョージはいらだった。酒を女の顔にぶっかけたい、グラスやビンをウイスキー棚やフロアにたたき割りたい。何かしなければジョンたちに無力者よばわれされる。しかし、きっかけがつかめない。あまりに突飛だ。なぜ俺はみんながやる時、すぐやれないのだ。考えすぎるのか。あの騒いでいる女たちも決して俺をほめたたえるはずがない。いくじなしとののしるだけだ。一ヵ月前にやはりジョンたちが暴れた。俺はやはり何もしなかった。数日後、女たちはその夜の事件を忘れ、ジョンたちにこび、ついていったんだ。俺はようく憶えていたのに。ばかな女たちなんだ。どうしようもないんだ。あのトイレのワシントンでさえ決して玄関払いはくわない。明日の夜になれば、女たちは平気でワシントンに酒をつぎ、乳房をさわらせる。ワシントンの自慢のあの口髭を皮ごとジャックナイフではぎとりたい。ホステスたちを一人残らず射殺したい。胸くそが悪い。ピストルをもっていない。残念だ。もちあるくべきだ。酒ビンに、ライトに、ネオンに、ジュークボックスに撃ち込む、割れる音はいかに痛快か。大口をあけて、いやらしく笑うあらゆる種類の人間の喉に撃ち込む、どんなもんだろう。

ドアが開き、マスターが飛び込んできた。浅黒く脂ぎった丸顔、小太りの短身が黄色いワイシャツと黒の蝶ネクタイに妙に似合う。その中年男はすぐジョンに近づき、何か言いだした。事情はすでに知っているらしい。ジョージはジョンの背後に寄った。マスターはかなり英語がたっしゃだった。しかし、声が小さい。ききとりにくい。マスターは無理に冷静をよそおっているようだ。ジョージはあらましはつかめた。金で片を付けようとしているらしい。ジョンが立ちあがって叫んだ。お前の店のAサインを取り消させてやる、いいな、かまわないんだな。米軍当局の心証を害し、米兵立入許可証（Aサイン）を取り消され、泣くに泣けない業者はこれまで数限りなくいた。ジョンのおどし文句がどんなに強力か、ジョージも知っている。マスターはふいにつくり笑いをしながら、ジョンたちをなだめ、談合をしだしたようだ。マスターはジョンたちの腹をさぐり、かけひきしながら、徐々に金額を下げてくる。ジョンたちはまともにとりあわない。お前もジャックナイフでさされたいのかとおどすだけだ。マスターはかえって笑顔を大きくし、ジョンたちの顔色をうかがいながら金額を言う。二十ドル、これが最後だ。これ以下では断じて合意できない。男はひらきなおる。婦女暴行代、傷害代、器物損壊代、すべてで二十ドル。なんだ、これはとジョージは思う。これは俺たちの一晩の一人分の飲み代でもない。すぐ、金をたたきつけてやりたい。こんなはした金に執着する男のあさましさがいやだ。顔もみたくない。しかし、ジョンたちはマスターをにらみつけ、どなるだけだ。女が悪いんだ。金は一セントもはらわん。

トイレの周辺で女たちがざわめいた。ワシントンがズボンのバンドをしめながら出てきた。マスターはすぐワシントンに近寄り、談合を始めた。両目がとろんとしたワシントンはまともにマスターをみず、めざわりだといわんばかりにマスターの顔をグローブのような手で押した。マスターはよろめき、シートにつまずき、フロアに尻もちをついた。ワシントンは夢遊病者のようにドアをあけ、外に出た。ジョンが捨てゼリフをはいた。なんであんなに騒ぐんだ、たかがいたずらぐらいで、敗残の劣等者のくせに。ジョージはトイレを見た。仲間の女たちに囲まれ、強姦されたらしい女はうずくまっていた。無言だった。死んだのかなとジョージは思った。〈山男〉たちがしきりに女をよんだ。何をしているんだ、早くすわれ。ジョージはあわててジョンたちを追い、外に出た。熱気がむっときた。マスターらしきものの大声がきこえた。ジョージはふり向かなかった。ののしられている気がする。沖縄方言らしい。あの語気あの語調はたしかにののしっている。マスターは逃げる準備をしながら、こぶしをふりあげ、歯ぎしりしているだろう。しかし、ホステスたちはあの〈山男〉たちに群がっていいるにちがいない。ののしりの余韻はながくジョージの耳に残った。俺は何も悪さはしないのにとジョージは思った。

ジョージはジョンたちの二、三歩後ろを歩いた。ジョンたちは沖縄人を殺したいと声を荒げている。本気か冗談かわからない。タクシーをやるか、スーパーをやるかとも言っている。強盗だとジョージはかんづいた。もっと凶暴なことをしなければはらの虫がおさまらないのか。いや、とりこし苦労だ。ジョンたちはただ、酒を飲む金が欲しいだけだ、女が欲しいだけだ。不意にガバッとスカートをまくるんだ。女たちは誰もパンティをはいてないぜ、〈グリーン〉よ、女たちはキャーキャー騒ぐんだ、喜んでるんだぜ。〈オリエンタル〉はパンティに手をつっこませるぜ、なすがままによ、俺の指が疲れちまうまでな、お前にもか。だがよ、あそこのエミコはすぐ俺のひざにまたがってよ、首にまとわりつくんだ、どうしてもはなれないよ、俺はにがてだな。なに言ってるんだ、まんざらでもなさそうにニヤニヤしてるくせに。なに。たしかに騒がしいな、ビールかけあって、どんちゃん騒ぎしてな。おい、ジョージ、お前はどこがいい？　どこでもいいよ。ジョージは思わず言った。まだ帰るつもりはないのか。

ジョージは酒が飲める気分になれない。脇の下が汗ばんでいた。悪い予感がした。ワシントンの様子はへいぜいと変わらない。しかし、ジャックナイフをふりかざしたあの情景はまだ、なまなましい。俺は女のあそこにビールを飲ましたんだぜ、何回もよ、無理矢理ねじこんでな、あそこから飲んでも酔うもんだな、ほんとさ、しまいにゃ、たいてい女はぐったりしちゃうよ。ワシントンは得意げにしゃべっている。女たちは腕を引っぱったりする。ジョンたちは卑猥なことを言い、からかい、女たちをはぐらかす。手なれている。そのうち、ジョンたちは立ち止まった。なあ、ジョージ、とワシントンが振りかえる。お前の時計もだせ。時計？　ジョージはすぐわかった。質に入れるつもりなんだ。これぐらいじゃ金にならんだろうとジョージは言った。どこの質屋もけちだからね。じゃあ、どうしろというんだ、ジョージ。ジョンがみた。お前がどうにかできるのかい。ジョージならできるさとワイルドが言う。ジョージは金をためこんでるんだからな、たっぷりな。そうかとジョンが薄笑いする。ジョージのいうとおりさ、時計やライターやペンダントやジャックナイフを質屋に入れてどれほどの金になるというんだ、え、ワシントン？　俺、帰って取ってこようかとジョージは言った。金をためてどうするんだという三人の目つきがいやだった。そうしてくれジョージ、ペイデーには割りかんできっと返すよ。ジョンがジョージの肩をたたく。返したためしは一度もない。しかし、どうでもいい。ワシントン、お前一緒に行ってやれよとワイルドが言う。一人で大丈夫とジョージはワシントンをみた。ワシントンはジョージの肩に太い腕をまわし、ジョージを抱きかかえるようにして、いや行くよと言う。タクシーでいきゃ半時間でもどれるさ。じゃ頼むぜ、〈ミシシッピィ〉でな。ジョンは言い、ジョージのほほを軽くたたき、大股で歩きだした。ジョージたちもすぐタクシーを拾った。盛大に陽気にやろうじゃないか、な、ジョージ、ベトナムにいきゃ、しばらくこんな思いもできんぞ。ワシントンはしきりにジョージの肩をたたく。ワシントンに金をわたし、ベースの宿舎のベッドにはらばいになり、エミリーに手紙を書こうとジョージは何度も思った。まだ、十時にもならない。ジョンがきっと呼びにくるだろう。どうせ行かなけりゃならないんだ。ジョンはほとんど毎夕、俺を呼びにくるんだ。ジョンは一体、俺を何だと思ってるのだ。

白人娘たちだった。髪は五人そろって長めのカールだが、色はちがう。栗色とブロンドがいる。乳房は大きく、はりがあり、肌色がかった乳首が小さく見える。処女だとジョージは思った。俺より年下にちがいない。どれが誰の乳房かよくわからない。どれも似ているし、娘たちは蛇のようにからみあっている。密着させた身をもだえながら黒いごつごつした指でジョージの胸やら下腹部やらをさすり挑発している沖縄人ホステスが安っぽく感じられた。汗、精液、生気、煙、ウイスキー、化粧品、それらの混じったような臭い、濃厚な臭いはなかなか消えない。エミリーに似た娘を発見した。ジョージはくいいるように画面をみつめる。せいっぱいにひらききった白い、肉付きのいい太股の間から、その娘は顔面にたれる栗色の髪をふる。舌技をしている。薄紅い唇も大きい目もまだあどけない。いやとジョージはうち消す。エミリーじゃない。エミリーはよく笑うんだ。きれいな白い歯で、そして髪はうしろにたばねているんだ。娘たちのセックスがひんぱんに画面いっぱいにクローズアップされる。ヨットは洋上に漂っていた。蒼い空間に白い五つの裸女がくっきりうかぶ。甲板で真昼の白光を強くうけて裸女たちはうごめいている。ジョージのすぐ後ろで十六ミリ映画のフイルム回転の音がする。ジョージは気にならない。娘たちはお互い、三人で、五人で異常な体位を幾種も変えながら舌技や指技にふけっていた。音がないだけいっそう異様だった。どの娘も顔を苦痛にゆがめながら、しいてカメラを探して両足をひらく、不自然だ、やはり演技だ。しかし、ジョージはみぬけない。嘘だ、とジョージは思う。アメリカ合衆国の娘じゃない。信じられない。あの顔、四肢。しわもしみもない、贅肉もない、みるものを嫌悪させる意地悪さがみじんもない、つややかで、やわらかそうで、白く、五人が五人ともまだ十代にみえる。

ホステスがジョージのズボンのチャックを下げ、固い小さい手をつっこんだ。瞬間、ジョージはその手をつねった。思わぬ力が出た、ホステスはしわがれた悲鳴をあげ、何かわめきながら荒々しくシートを離れた。ジョンもワシントンもワイルドもおのおののホステスとペッティングをしているようだ。暗闇で無言でうごめいている。ところどころのシートに相手のいない数人のホステスがじっとし、煙草をふかしている。青い透明の映写光線に白い煙がけぶっている。ジョージは又、画面にくいいる。若い娘たちが、耐えて、一生懸命に、みんな頑張っているんだなあ、生きるのに必死だ、みんな、死ぬほど恥かしいだろうに。まんぜんとジョージは思った。何か救われた気になる。

映画は終わった。赤黒い照明がついた。天井からぶらさがったライトが音もなく回り、赤、青、黄の光線が壁の白人女のヌードポスターパネルをスポットする。ジョージは酔いつぶれたいと思った。今夜は眠れそうもない。エミリーの悪い夢にうなされる予感がする。ジョージはつがれたままの、あわの消えたぬるいビールを無理にのどに流し込んだ。グラスにつぎ、一気に飲みほす。二、三度繰りかえすと小さいビールビンは空になった。ジョージはカウンターに立っている女に指をならし、ビールをゼスチュアした。すぐ、女はビールを持ってきて、ジョージのかたわらに座り、グラスについだ。おしろいや口紅もうまくのらない土色のやせた顔の女のようだ。ホステスたちの嬌声が、どなりちらすようなジャズの音に混じってうるさかった。しかし、その女は無口で無表情だった。女はジョージが一口飲んでも、すぐビールをついだ。ビールはつぎたすものじゃないとジョージは思った。それに、空になると勝手にとってくる。ホテルに行こうとこの女が言えば承知してもいいとジョージは思った。しかし、アメリカ人の俺からは言えない。沖縄人は正面から俺たちをみやしない。外出する時、俺はきまってそれを感じる。だが、この女は俺が横目でみると、まじまじと俺の顔をみすえる。俺はどぎまぎしてしまう。ジョージは吐き気がしだした。もはや飲めない。女はしきりにジョージの口にグラスをひっつけ、飲まそうとする。ジョージは一口、唇を濡らす程度に飲む。ホステスの乳房などに触れ、ホステスの気をまぎらわせばいいとジョンが言っていたのを思い出す。そうすれば、無理に飲まなくてもすむ。しかし、ジョージは女の体に触れるのをためらう。なにより、ここのホステスが触れられただけでキャーキャー騒ぎ、身をよじったり、逃げたりするはずがない。ジョージは立ち、ジュークボックスに寄り、二十五セント入れ、騒がしそうな曲を五曲さがし、スイッチを押した。天井でも落ちてしまえ、と思った。あんな色黒の小柄な現地人の女なんか連れて歩けるもんか。ジョンの気が、まっ昼間ショッピングや映画に腕を組んでいく気がしれない。誰がみても異様なはずだ。背丈なんかジョンの胸ほどもないんだ。まだ、女はジョージのシートでじっと煙草をふかしていた。早く帰りたいとジョージは思った。宿舎でエミリーに手紙を書きたい。しかし、どうしてもジョンたちには言えない。馬鹿にされるのは目にみえている。ジョージは座った。女はビールをつぎ、グラスをジョージの口に運びながら、耳もとで、寝ない？　とささやいた。ジョージはビールを飲みほした。十ドルでオールナイト、と女が言った。サービスたっぷりよ。女はジョージの首に腕をまわし、舌でジョージの耳をなめる。女はざらざらした黒っぽい皮膚の腕を俺の腕にからませながら、しきりに英語で誘う。時々、指で卑猥な形を、性交の形を作り、ニヤニヤ笑う。俺は隣のシートのジョンたちをみた。ジョンたちは俺をみていた。やはり、意味ありげにニヤニヤしながら。お前はそれくらいもできないのかと。彼らはホテルに行く様子だ。俺は女をみ、ＯＫと深くうなずいた。女は何度もかんぱいをした。もっと酔っちまおうと思いながらも俺はほとんど飲めない。無理すると嘔吐しちまう。女はカウンターからハンドバッグをとり、トイレに入った。あの女とねれば沖縄人を身ぢかに感じるかもしれない。トイレから出てきた女はレッツ・ゴウとジョージの手を引っぱった。まだ、ジョンたちは女たちとふざけあっている。ジョージは彼らと一緒に行きたい。女はジョージをうながす。ジョンや女たちの視線を感じながら、ジョージは堂々とドアをあけた。

赤、青、緑、種々の色のネオン看板、タテ、ヨコ、ナナメ書きのネオン看板がしきりに点滅している。舗道の敷石にもそれらの色彩はぼんやり落ちている。等間隔に植えられたシュロの黒い葉陰が静止しているのになかなか気づかない。タクシーや高級外車がぎっしりと駐車している。タクシーの運転手たちはドアの外で何人かずつグループをつくり、むっつりと客を待っている。薄暗い路地に疲れきったような女たちがたむろしている。無言で、みぶりそぶりもない。ジョージたちが通ると目がギョロリと動いた。路地のわきに空のビールビンやウイスキービンやかんづめのかんやバケツなどがおかれている。ジョージはけっとばしたいと何度も思う。しかし、躊躇する。けっとばせばセメントの道や壁に反響し、大きい音が出るにちがいない。女はジョージと腕は組んでいるが一言もしゃべらない。顔も不愛想だ。店にいた時と全く別人のようだ。タクシーに乗ろう、とジョージは女をみた。すぐ、そこ、と女はきびしく言い、ジョージをみない。

三階建てのホテルだった。アメリカ人相手のつくりだ。交渉は女がやった。短身で小太りの中年女がジョージたちを案内した。すぐ目の前を歩くモジャモジャのパーマ髪がジョージは気になった。この女はトイレ清掃や汚れたセックス製品の処理もしているにちがいないとジョージは思った。ライトをつけ、部屋に入った。女は鍵をジョージにわたした。モジャモジャ女は出ていく際、ジョージの連れの女に沖縄方言で何か言い、ニヤリと笑った。女の部屋の感じがした。カーテンも寝具も化粧台も小物入れもジュウタンも赤っぽいはでな色彩だった。女はハンドバッグを持ったままバスルームに入った。蛇口から水の出る音がする。やがて、女は出てき、ジョージに入るように言う。ジョージはシャボンで念入りに体を洗った。腰にバスタオルを巻いてジョージは出た。一度、パンツやシャツをつけ、女に笑われた経験がある。遅いよと女は煙草をくゆらしながら英語で言った。下着だけになっていた女は煙草をくわえたまままたバスルームに入った。ほろ酔いかげんのまま水をかぶったせいか、ジョージは頭が重くなった。ダブルベッドにうつぶせに倒れ込んだ。化粧水や汗や精液やらの混じった臭いを感じた。気のせいかもしれない。シーツは洗濯したてのものだ。しかし、その下のマットにはきっと何百回ものセックスの汗がしみこんでいるにちがいない。

　女はセックスに熟練していた。裸体はまさしく中年だった。エミリーの顔がブルーフィルムに重なった。ジョージはすむと急に嫌気がさした。みんな酔ってるのだ、正気じゃない。俺もそうだ、正気じゃない。一体、俺を押し込めているのは誰なんだ、誰のしわざだ。こんな町に、こんな島に。ジョージはトイレに腰かけた。ベッドに裸のまま、あお向いて煙草をふかしているあの女か。けだるい疲労感がある。ふいに意識がもうろうとしたりする。ジェイムズ上官が張本人かもしれない。ジェイムズ上官に、いつベトナム出動ですかと何度もきいた、そのつど、まだ指令がないととりあわない。では、いつ米国に帰れます？　ときくと、それも指令がないと相手にしない。嘘だ、あのジェイムズはすべてを知っているのだ、わざと知らないふりをして俺を不安がらせるのだ。あのジェイムズは人殺しの訓練ばかし俺に強いる。人殺しすることもないのに。あの真っ昼間、にえたぎるような熱に直射され、俺は頭蓋骨がひび割れるようなんだ。何度もめまいがする。そのようにしながら、敵もなく意味もなく実弾を撃つ、馬鹿らしいじゃないか。俺がぼうっとすると、あのジェイムズはまるで百年来憎み続けているように俺をどなり、ののしるのだ。敵は弾丸をうってこない、真剣になるほうがどうかしている。ジェイムズは俺をうらんでいるのだ。このように気が遠くなる訓練をいつまでさせる気だ。かんにん袋の緒が切れそうだ。さっぱりしたい。ベトナムの実戦に参加するか、エミリーのところに帰るか、はっきりさせたい。毎日わけがわからなかった。〈実際に殺す〉という訓練はないのだ。俺は人間を殺せるのだろうか。人間を殺すとはどういうことだろうか。ジョージは酒からさめ、寝つかれない夜中、ほとんど毎晩、宿舎の天井をみつめながらそのようなことを考えた。時々、早く殺してみたいと思うが、いくら待ってもその命令はこない、ただ毎日、訓練だけ。もう充分わかった、パンクしそうだ。ベトナムで手柄をたてたと書けばきっとエミリーは返事をよこす、まちがいない。俺が出世しないのでエミリーはあいそをつかしているのだ。そうでなければエミリーから手紙のこないわけがわからない。俺が手紙を送ってからすでに六十七日にもなる。あの手紙だって俺は毎晩考えぬき二週間もかけて書いたんだ。ジェイムズが俺を憎むわけは知っている。俺が小柄で貧弱だから。ジェイムズはいつなんどきでも俺に聞こえよがしに言うんだ。軍人は体格が立派であるべきだと。なら、なぜ俺を軍隊なんかに引っぱったんだ。俺はこれっぽっちもその気はないのに。

ジョージは帰ろうと思い、トイレを出た。女はまだ、あお向いて寝たまま煙草をふかしていた。女は起きあがり、灰皿に煙草をもみ消し、ジョージをみた。ワンス・モア？ときき、ちょうだいと手を出す。なに？　とジョージは不審に思う。女は十ドルだと言う。さっきあげたとジョージが首を横に振ると、あれはすんだ、これからの分と女は指を動かし、うながす。約束が違うとジョージは思う。あの時、オールナイト十ドルとたしかに女は言った。まちがいない。ジョンたちもいつも言っているのだ。オールナイトは十ドル、ショートタイムは五ドルと。ジョージは女をみつめた。女は一回の値段が十ドルだと言う。こんな女になめられてはならない。はじめの十ドルでオールナイトと二人は約束したんだろう。どもり気味に言った。女は英語でききかえした。ジョージより英語が流暢だ。ジョージは緊張した。たしかに十ドルでオールナイトとあなたは約束した。あたしはショートと言ったのよ、相場よ、ほかの女にもきいてごらん、あんたがまちがいだよ。女は早口で言う。ジョンたちが証人だ。じゃあ、ジョンをここに呼んでよ。女はつめよる。ジョンは俺の言い分を裏付けしてくれるだろう。しかし、たった十ドルにこだわって満足にセックスもできないとジョンたちは思うだろう。俺は長く笑いの種にされるにちがいない。特に今頃ジョンたちはお楽しみのところなんだから、どうしても気を悪くする。どう納得させるか、ジョージは迷った。思惑はうわずる。なによ、十ドルぐらいと女が言った。ホステスなかまはみんな、あんたはけちな新兵だと言ってるのよ、いつベトナムで死ぬかもしれんのに金をためてるんだってさ。ジョージはむかむかしだした。俺は国にエミリーがいるんだ、お前らに何がわかるもんか。ああ、みんなそうさ。女はやけくそにみえた。みんなそうなんだ、あんたらにゃ沖縄の女はみんななぐさみもんだもんね、そりゃ、あたしらのようなもんはしかたないよ、承知してるよ、だがね、ちゃんと結婚しながら、チャーチで神父や神にちゃあんと誓いながら、アメリカに帰るとすぐ汚いチリみたいに捨てちまうのはどういうわけなの？　ああ、あたしの村にも何人もいるんだ……あたしの妹もそうなんだから、赤毛の子供も残してね、アメリカ軍人はみんなそうさ、アメリカにエミリーがいるんだもんね、だまされた女らが馬鹿なんだろうけどさ、そのエミリーなんてもんが沖縄の女をめちゃくちゃにしてるんだよ。エミリーを悪くいうな。ジョージは叫んだ。エミリーはお前たちとは違うんだ、男の前で平気で裸になる女とは違うんだ。ジョージは女のふくらみのない乳房をみた。女は両手を腰にあて、かえって乳房をジョージにせり出すようにした。じゃあ、なんで買ったりしたのよ、十ドルぐらいもけちる男がさ、新兵というのは気前がいいもんだよ、一晩で百ドル二百ドルはたくのはざらなんだよ。ジョージは腕組みし、女にまっ正面に向いた。何をいってるんだ、俺はこんな汚い所なんかいやでしょうがないんだ。じゃあ、なぜくるのよ。これしかないじゃないか、この島は。馬でかけめぐる平原も森も何もない、狭っ苦しい、不衛生な夜だけ、夜のキャバレーだけじゃないか。何一つ俺を相手にしてくれないんだ、あなただってそうだろう、ちがうか。先程のビールがちょうどジョージの喉をうるおしているようだ。ジョージは言葉がスムーズなので妙にうれしくなったりする。弱虫、あんたは戦争が恐いんだ、エミリーとか馬とか、まだ子供なんだね、あたしとねるたびにうなされるのがいたね、そして、ぐっしょり決まって大汗をかくのよ、おかげであたしゃ、その男とねるたびに睡眠不足さ、その弱虫はあたしにしがみついてふるえながら空がしらむのを待ったんだからね。女は下着を着けだした。ジョージはどぎまぎした。思わず、ジョージは女の両肩をつかんだ。腰のバスタオルがはずれそうだ。女はすぐ肩の手をふりはらい、スカートをはきながら言った。支配人にショートタイムに切りかえてもらうよ。そうとわかりゃ一分もぐずぐずしちゃおれんわ。ジョージは馬鹿にされている気がする。何かちぐはぐだ。女はドアをあけ、たてかえたチップをちょうだいと手をのばした。五十セントよ。女はドアをしめようともせず、手を引っこめようともしない。ジョージは一ドルわたした。必ずもどってこいよ、すぐ、こないとしょうちしないよ、いいね。女はあいまいにうなずき、ドアを閉めた。すぐもどってくる女がハンドバッグやチップをもっていくのはおかしい。しかし、ジョージはよくわからない。ジョージは服を着けた。女はもどってこないかもしれない、あとを追うべきかもしれない。迷った。おちつかない。十五分すぎた。ジョージは決心し、急ぎ足で階段をかけ降りた。革靴の音が反響する。ジョージは気になったが、そのままかけ降りた。カウンターにモジャモジャ髪の女が待ちかまえるように立っていた。ジョージが近づくと笑顔で部屋代を請求した。ジョンたちから部屋代は前金払いだときいている。女が払ったんじゃないか、そして明日、店で俺に手をさしのべるのではないかとジョージは思う。しかし、何もいわずモジャモジャ女のいう金額を払った。

ジャックの気持がわかる。ジャックはそのキャバレーのトイレに弾丸のありったけをぶち込んだんだ。なにしろ、あり金をはたいて女を喜ばしたのに、女は店が閉まりかかると気づかれないように逃げちまったんだから。ジョージは道を知らない。裏通りらしい。早くタクシーを拾いたい。一匹のやせた犬がちり箱からあふれたゴミをあさっている。ビールやウイスキーや清涼飲料水の空きビンが無造作に積まれ、並べられている。壁から小便の臭気がにじみ出る。ジョージは早足で歩いた。ビンが足に触れ、倒れ、ころがり、両側のセメント壁にかん高い音が響き、やがて、しーんとなる。ネオン灯も外灯も少なく、暗い。運転手をカミソリでおどして十六回もタクシー代をふみたおし、売上金をまきあげたとジョンはよく自慢話をする。大男のジョンはタクシー運転手に腕ずくで敗けないはずだ。果たして俺は勝てるか。沖縄人にも俺よりでかいのはいる。ふみたおすといったってわずか二十五セントなんだ、まきあげるといったって額はしれている。表通りに出なければタクシーは拾えないとジョージは思った。ネオンがふえだした。ボーイやホステスの呼びこみもふえた。午前二時をだいぶ回っている。なのに、この男や女は手をたたき、大声を出す。へイ、フロアショー、ヘイ、ストリップ、ヘイ、ムービー、ヘイ、サービス、ヘイ。ジョージはさけて通った。知らんふりをした。腕でもつかまれるとことわれない気がする。ああ、あの女が一緒だったらと思う。平気で歩けるのに。沖縄の女なんか暴行すべきだ。ジョージは自分に言いきかせた。何を恐れている、それぐらいもできないのか。ワイルドはPXの女を、ワシントンはハウスメードを、ジョンは女子高生を暴行したと自慢している。しかし、俺は婦女暴行はできそうもない。女は必死に抵抗するだろう。たとい、腕ずくでは勝てても抵抗するものとはやりたくない。それに、とジョージは内心ジョンに話しかける。暴行した女が産んだ子供はやはり君の子供じゃないか、君は何の感慨もないのかい。ジョージお前はまだ二十一だろ、何を悟りすましているんだ。どこから か声がした。俺は無力ではない。俺の射撃の腕を女たちが知らないだけだ。軍隊仲間は、しかし知っているはずなのに。なぜ俺を恐れない、馬鹿にしているのか、俺が本気になれないと思っているのか。女は栗色のヘアがいい、ブラックヘアはいやだ。俺は今、女を追っているのか。いや、そうじゃない、いや、そうかもしれない、わからない。ジェイムズ上官のワイフはちょっぴりエミリーに似ている。一度だけでも話してみたい。ジェイムズは身分不相応だ。いや、そうじゃないかもしれない。俺もせめて軍曹までは出世しなければなるまい。上等兵じゃエミリーは満足すまい。何か手柄をたてなければならない。ジェイムズは平気さ、アメリカ人のワイフがいるんだから。ヘイヘイと呼びかけられた。ジョージはふり向いた。片言の英語だが、どうやらこのアロハシャツ姿の色黒の小太りの沖縄人は白人売春婦を買えと言っているらしい。ジョージは男の顔を凝視した。ジョージはアメリカ人の女を抱きたいと幾晩も考えた。しかし、そのつど、どうしようもないんだとあきらめた。アメリカ人の女が売春などするはずがない、こんな汚いところで。ジョージはおもわず叫び、叫びながらかけ出した。お前たち沖縄人とは違うんだ、だまされんぞ。サナバビッチ（畜生）。ポンビキの大声が聞こえた。

レッド、ブルー、イエロー、ピンクなどの下半身にぴっちりひっつき、胸もとでバンドをしている長いズボン。気づいたらやけに黒人が多い。ギョロギョロした獰猛な大きい目。ネオンの色を映しどんよりにごる黒い顔。唇を大きくひらききって笑っている、白い大きな歯並び。俺はとんでもないところにまよい込んだようだ。ジョージはほろ酔いもさめた。黒人たちは四、五人ずつ群れている。大型アメリカ車のまわりに、壁にもたれて、店の入口に、暗がりに、明るみに、男どうし或いはハーニーやホステスと肩をくみ、腰に手をまわし、手をつなぎ、目でジョージを追う。ジョージが目の前を通りすぎようとする瞬間、ふいにつばやチューインガムをはきかける。ふいに卑猥な言葉、挑発的な言葉をどなりちらす。ジョージはじっと前方をみつめたままだ。足どりも変えない。早足になると飛びかかってきそうだ。進むにつれ、黒人の群れが、まさに鹿に襲いかからんとする禽獣にも似た目がふえてくる。女どころじゃないとジョージは思った。ピストルを携帯すべきだ。もち歩くことも少なくないのに、今回は運が悪い。だが、この黒人たちは十数発射ち込んでも、なお歯や目をむき出して俺におそいかかってきそうだ。そんなら両目に射ち込んで盲目にしてやる。命中できるだろうか。しらずしらず足ははやまる。黒人たちのひやかしも挑発もふえる。歯切れのよい音がした。ジョージは足元をみた。ビンがこっぱみじんに割れた。ビールがあわをたてながらアスファルトの歩道に黒く流れる。どっと下劣な笑いがおき、大きく高まる。笑いのあいまから侮辱するわめき声が飛び出、又、笑いが高まる。笑いは両側のコンクリート壁にはさまれ、容易にしずまらない。ジョージは思わず立ち止まった。パンチが目の前にのびてきたのだ。全身に筋肉が盛りあがった背の低い黒人がボクシングのフットワークをまねし、ジャブで宙を空振りしながらジョージの周りを回る。緑色のランニングシャツからはみ出た腕はネオンの乱光に黒光りし、太さはジョージの二倍はある。ジョージはそしらぬ顔で歩き出した。ジョージの顔面や顎や腕や脇腹や背や後頭部をボクサー男はこぶしで軽く触れたり、つついたりする。時たま、まちがいか、わざとか痛みを感じるパンチもある。ジョージはそしらぬそぶりを続ける。ボクサー男はその石頭でジョージの背中に頭突きをはじめた。何をしているのだろうとジョージがふり向くと、又、前に回りパンチをジョージの顔面にさし出す。ジョージの目をにらみ、ニヤニヤ笑い、フットワークを続けながらジョージを離れない。周囲の黒人たちも笑いながら、わめきながら、ぞろぞろついてくる。こぶしを振り上げたり、振りまわしたりするのもいる。フットワークをするのもいる。未成年らしい小さい黒人がビールの空カンをサッカーよろしくジョージにけっとばした。クラブ〈ナイヤガラ〉の入口付近にたむろしていた黒人の群れから一人の、首も胴体も手足も細長い男がジョージに抱きついてきた。思わずジョージは身をかわしたが、その長い腕に首をからまれた。男はジョージの首に腕をまわしたまま一緒に歩き、しばらくし、ジョージの耳元に猫なで声でささやいた。親友、一緒に飲もう。ジョージはぞっとした。黒人がふいに立ち止まったので歩いていたジョージは長い腕に首をしめられるかっこうになった。黒人は力強い。ジョージは抵抗しなかった。男の仲間らしい数人の黒人もジョージをとりまき、高笑いし、騒ぎながら彼らは、みためには親友のように

〈ナイヤガラ〉に入った。

黒い固いシートにおさえ込むようにジョージを座らした。そして両側前後をはさみ、ウイスキー？　ビア？　ときく。ジョージは小声を出した。ワット？　黒人は大声でききかえす。ビア、ビアＯＫ、カウンターの沖縄人ホステスがビールを数本もってくる。グラスにあふれさせながら黒人たちは一人残らずジョージと乾杯し飲むよううながす。ジョージは意地をみせて一気に飲みほす。と、又、別の誰かがグラスにつぐ。二、三人交代でカウンターからビールをとってくる。ジョージが飲みほすたびに黒人たちはほめたたえ、さらに飲むようにすすめる。まもなくジョージは胃部の膨張感がたまらなくなった。もう飲めない。黒人たちは多弁だった。ジョージにいろいろ聞いた。ジョージはほとんど黙っていた。しゃべらないのはまだ飲みたりないせいだとばかりに黒人たちはジョージの口にグラスをもってきたりする。ヘイ飲め、どうせここの金はお前が払うんだ。騒がしいジュークボックスの音に混じったそのような声をジョージは聞いた。立ちあがらなければならないとジョージは思った。このままじゃひどいめにあう。殴られないで出る方法はないものか。ジョージは黙っていた。あいづちもうたない、笑顔もかえさない、うなずきもしない。黒人たちは卑猥にジョージをからかい、何度もビールをすすめる。ジョージは飲まない。飲めば内臓物がこみあげそうだ。一人がジョージの口にビールビンをつっ込んだ。ジョージは暴れようとした。と、何人かに肩、両腕を押さえられ、顎をあげられた。乱暴に流し込まれたビールはジョージの気管や胃を刺激した。ジョージは激しくむせた。涙があふれた。すると、別人が今度はウイスキーのビンをつっ込み、中身を流し込んだ。口中、喉、胃部、胸が焼けたように熱い。せきこむと喉がヒリヒリ痛む。つばを飲みこんだだけでも喉は痛む。吐気がする。ジョージは必死にこらえた。吐いたら内臓がただれそうな予感がある。ジョージがせきこむと黒人がジョージの背や首すじをさすったりするが白い大きな歯を露呈しながら又、ビールを流し込む。何度めかに右手をおさえていた手にすきが出、ジョージは力まかせに口元のビンをはらった。ビンはフロアに落ち、割れた。歯切れのいい音がでた。黒人たちはジョージの頭や背にわめきながらビールをかけた。ジョージはもみあいながら立ちあがった。ジョージのひざがテーブルを突きあげた。ビンやグラスやアイス入れがフロアに落ち、割れる音がした。ジョージは体にからむ何本かの手を懸命に振りはらい、ドアに逃げようとし、誰かの足につまづき、ころんだ。誰かが何かわめきながらジョージの髪を両手でわしづかみにし、ひっぱる。ジョージの顔があがる。黒人たちの強靭そうな長い足が目の前に林立している。他の二人がジョージの腕をつかむ。腕が変てこにゆがめられ、痛みを感じた。ジョージはあわてて起きあがった。男は左手でジョージの髪を引っぱり、ジョージの顔をあげ、右手でジョージの左右のほほを強く平手打ちした。じいんと余韻が残る。耳の奥の感覚が麻痺したようだ。遠い底で黒人たちのどなりちらす音が響き、不規則に盛りあがる。髪を引っぱられている痛みを感じない。両腕を支えている力がゆるんだ。ジョージは又、しゃがみ込んだ。酔っているふりをしようとジョージは思う。黒人は髪を引っぱり、ジョージの顎をあげるが、ジョージは目をあけない。すると、腹と腰に足げりがきた。先のとがった、でかい革靴のようだ。思わず、顔をしかめ、ジョージは目を固くつぶる。何度もけられた。鈍痛が消えない。おぼえていろよ。ジョージは内心叫んだ。くやしさがこみあげた。しかし、体がしびれ、実際酔いつぶれているのと変わらない。借りは必ずかえすからな、一人残らず顔をはっきりおぼえているぞ。しかし、やはりジョージは目をあけない。誰一人として顔はほとんどおぼえていない。どうして黒人というのはこうも顔が似ているのだ。ジョージは歯を食いしばっていたが、ふいに口をだらしなくあけ、全身の力をぬき、気を失ったふりをした。黒人たちは髪を引っぱり、びんたをはり、腰や腹をけるのをなかなかやめず、起こそうとはしない。何人かの黒人がジョージの肩や腹や足をおさえ込み、一人か二人でジョージのバンドをはずし、ズボンをおろしにかかった。ジョージは目をかっとあけ、何かわめき、ののしり、必死に抵抗したが、身動きはほとんどできない。下着がおろされた。違和感を下腹部に感じた。黒人たちはおさえ込んだまま、大声で誰かを呼んだ。三人の東南アジア系の女が自分を見おろして立っているのをジョージはみた。フィリピン女か。北ベトナム女か。北ベトナム女というのは信じがたいが。今までどこにいたのだ。北ベトナム女たちはわなにかかったかもしかのように飛びはねている。ジョージの目がみひらいた。ジョージは歯を食いしばった。女たちは満面に白い小さい歯をめだたせている。みんな同じような顔だ。けもののように個性がない。女たちはプリティプリティと笑いながら、ハイヒールの先でジョージの股間をゆり動かしたり、こすったり、なでたり、又、ビールをかけたりする。なかなか北ベトナム女たちの興味はうすれないらしい。カウンターから料理用の小さい包丁をとってきた一人の女は意味ありげな無声の笑いをする。その女は包丁をジョージの顔面にちらちらさせる。にぶく光ったりする。女は身をくねらせ、おどりながら包丁をジョージの下腹部に密着させ、ゆっくり動かす。ジョージは歯ぎしりした。この北ベトナム女はどうしても殺さなければならない。しかし、下腹部を這う包丁は気が気でない。急に視界が暗くなった。別の北ベトナム女がジョージの顔にまたがっていた。その女はそのましゃがみ込んできた。ひきしまった固い尻がジョージの顔面に密着した。小便をかけろ。黒人男の声が聞こえた。

しかし、女は女上位のセックスのように何度も尻を上下させたり、回転させたりしただけで大笑いしながら立ちあがった。ようやく、北ベトナム女たちはいたずらにあきたらしくどこかに消えたが、その際、何か大声の早口でしゃべりながらジョージの下腹部に続けざまに二度つばをはいた女がいた。もしかすると色は浅黒いが、中国女や北朝鮮女なのかもしれない。下腹部がカミソリ傷のようにチクチク痛む。傷はせいぜい糸の線ほどだろうが黒人男たちがウイスキーやらビールやらを口に含んで強く噴射したり、吐き出したりするのだ。やがて、黒人男たちはジョージの服のポケットをあさり、ありったけのドル札を掠奪した。ジョージは目をあけなかった。二人の黒人がジョージの片足ずつをもちあげ、かん高い嘲笑の中をジョージは引きずられ、店の外にほうり出された。とうとう一人が笑いながらジョージの顔に小便をかけた。アルコールやら精液やらけものの体臭やらが混じった臭い。たしかに噴出している勢いのある重み。なまあたたかいヌルヌルするような感触。吐気が急に強まった。こらえた。目をあけなかった。

毎晩、ジョージは考えた。ジェファーソンは幼女を暴行した、パーカーは女家族の寝こみをおそい中学生を暴行した、ワシントンはホステスを暴行した。夜中まで不眠が続いた。俺は万に一つも敗ける恐れのない無力な婦女子にさえ何もできないのか。俺が引き金を引けばみんな俺に一目おくんだ、ジョンも上官も黒人たちも女たちも……。

重い撃鉄をおこし、ばねのある引き金を引く。耳をつんざく轟音、俺の右手は反動ではじかれ、全身がきっとしまる。なんともいえないあの一瞬。ただ、引きさえすれば……。

いつの夜からか、一人の標的がぼんやりうかんでいた。あの老人にはふいにわいたような事件だろうな。ジョージは思う。まあ、それは同じさ、俺が軍隊にひっぱり込まれ、こんな所に運び込まれたのもふってわいたことなんだ。あの老人はスクラップを拾っているようだ。それは毎晩の仕事かもしれない。麻袋のようなものを持っていたようだ。そこは立入禁止区域ではない。しかし、すぐ近くの立入禁止の実弾演習場の砲弾の破片やら薬莢やらが飛び散っているようだ。俺は何度も、あの場所で、あのように、ああいうものを拾っている沖縄人をみている。たいてい一人の人間だ。同一人物か。ともあれ、明後日の晩の薬莢拾いは俺の手にかかって死ぬ。運が悪いのだ。何も俺は殺したい人間を選んで殺すわけじゃないんだから。耳を裂き破り、耳の底からわいてくるあの無数のジェット戦闘機のエンジン調整音は一晩中、毎晩限りなく続く。宿舎は強力な防音装置をほどこしてあるがジョージは耳鳴りのような音をたえまなく感じ、ねむれない。その金属音は同じ調子で、低くも高くもならず、波もなく、キーンとまるで永遠に響くように果てしないのだ。睡眠薬の量は日増しに増える。不眠は苦しかった。二、三ヵ月前まではエミリーの楽しい思い出に浸り、長い夜も苦にならなかったのに。宿舎を一歩出たら、その音はどこまでもジョージについてまわる。ジョージは睡眠薬は体に悪いと知っていた。はじめ、酒でまぎらわそうとした。しかし、もともと多量に飲めない体質、意識不明になるまで酔えない体質がわざわいし、効果がない。もはや、ここで星をみ、虫の声を聞くのは夢想だった。ロッキーは静かだった。ジョージは夢に浸るのが最近、急にふえた。星も多かった。俺たちはよく窓から星をみた。森も湖も静かだった。時々、何かけものの遠ぼえがする、それが長く余韻をひく。ジョージのロッキーの夢はいつも断片でとりとめがない。

ジョージは腕時計をみた。七時四十分。あたりはまだ薄明るい。金網の外側、そよぐ雑草の中で地虫が鳴いている。風は涼しい。なんて気持ちがいい夕暮れなんだ。このような時刻、俺たちはキャバレーに出かける。ここはキャバレーなどとは雲泥のちがいがある。立哨がうらやましい。彼らはキャバレーにさそわれるのをことわる理由を無理に考えなくてもいい。といったって、今夜、俺はジョンの誘いをことわったわけではない。ジョンが誘いにくる前に宿舎を抜け出たんだ。

老人はいた。そよ風に乗った老人の臭いがふいに鼻についた、とジョージは感じた。アスファルトを踏むジョージの革靴の音をとうに老人は気づいているはずだ。老人は丸く黒くうずくまっている。俺たちの出かけまぎわ、金網の外側、石ころだらけの野原、石の亀裂や石と石のすきまにしがみついて生育する色つやの悪いカサカサした長短の雑草、それらの雑草にまるで身を隠すように小さい身をかがめ、あたりをはばかり、うごいている背中のまがった老人を俺は一度もみのがさない。ジョンたちは〈ミシシッピィ〉の悦楽の話に夢中になり未だに気づいてないようだ。ジョージたちが通りすぎる際、老人はじっと石のように固まっている。しかし、目は用心深くまばたきもしないでジョージの目をみつめている。きまって、そうだ。〈クバ笠〉、檳榔の葉で編んだ円錐形の笠を決まって深かぶりしているが、しわだらけの猿のような顔、猿のような目、しかし動かない猿の目をジョージははっきりみる。しかし、あれは何の表情か未だかつてジョージは知らない。みひらいている。恐怖、憎悪、あっとジョージは今、気づいた。敵の目だ。黒く貪欲な目、恐怖と憎悪にみひらいている目、ベトナム人の目。皮膚の色、体のかっこう、ゲリラ。俺の敵はあのような人間なんだ。ジョージはふいに身ぶるいした。

めざわりだ、早く消えろ。ジョージは内心、叫んだ。獲物なら俺が近づく気配で逃げる。老人は逃げない。俺をみつめたままだ。目は俺を軽蔑し、避けているくせに。ジョージは老人に横顔を向け、立ち止まり、煙草に火をつけた。早く逃げてしまえ。そうだとふいに又、ジョージは気づいた。あの目は誰かに似ている。……ジョンだ、ワシントンにも、ジェイムズにも……いや、エミリーはちがう。……俺をさげすんでいる目、俺を委縮させる目。ジョージは歩き出し、老人を離れた。彼ら沖縄人は決して正面からはみやしないとジョージは思う。すれちがう場合、うつむきかげんだ。しかし、すれちがった瞬間じろりと横目で俺をみる。俺はちゃんと感づいている。そして、彼らはふりかえって俺を凝視しているのだ。俺は決してふりかえらないのに。敗残の沖縄人のくせに。あの目はなんだ。強がって。あの老人はじっとしておれば殺されないと信じているのだろうか。ジョージは歩きながら考えた。なら、手をあげろ白旗をあげろ、降参しろ。やはり黒人とはちがう、黒人は殺されそうになると大きい目をみひらき、大きい歯をむき出し、大きな奇声を発しながら俺に抵抗するだろう。もしくは、恥も外聞もなく、悲鳴をあげ、必死に逃げ、懸命に命ごいをするにちがいない。沖縄人は抵抗せず、表情もさして変えず、無言のまま静かに死んでいくはずなんだ。お前に一回だけ執行猶予を与えよう。ジョージは自分に言いきかせた。老人を振り向かない。歩調も変わらない。あと何分かで俺はもどってくる、それでも、まだ逃げていなければお前を射殺するぞ。嘘じゃない。射殺される、確かに老人にはふってわいたような突発事件にはちがいない。俺も理解できないわけじゃない。しかし、そのような事件は人間みんな同じなんだ。運さ。ジョージは歩き続けた。俺は何もあの金網の外側を注意していたわけじゃない。なのに、なぜ、あのような日暮れ色にまぎれる濃緑色のくすんだ古い服の、しかも小柄の老人を発見したのだ。老人は発見されたのだ、殺人者の俺に。運としかいいようがない。ベトナムも同じなんだ。俺たちがどのようにじたばたもがいたってどうしようもないことさ。それにしてもと、ジョージは内心、老人にきいた。あんたはなぜ隠れなかったんだい。俺の足音はきこえただろう。何かに夢中になっていたのかい、虫の声が大きすぎたのかい。このまま、どこまでもまっすぐ行ってしまおうか。ふと、ジョージは思った。いや、とすぐうち消す。それはできない。ますます不眠症が悪化してしまう。みじめすぎる。俺は無力じゃない。ジョージは自分に言いきかせた。沖縄人もジョンもジェイムズも誰もみさげる権利はない。許さんぞ。俺を無能あつかいする誰も。俺は他者の生死を左右する力がある。俺のこの指に他者と他者をとりまく数多くの他者の命運がゆだねられている。まちがいないんだ。創造主がつくった人間が、俺の何気ない意思決定で、あっというまに永遠の宇宙へふっとぶ、すてきなことじゃないか、え、ジョージ。ジョージは大きくUターンした。

逃げないやつが悪いんだ。ジョージは独り言をもらす。いつだったか、確か俺が休暇の日、俺はこのように金網沿いを歩いていた。突然、金網の外側から石が飛んできた。ことごとく石は金網にあたり、落ち、俺には届かなかった。汚れたランニングシャツをつけた色黒の沖縄人の子供は歯をくいしばって必死にみえた。俺が近づくと麦藁帽子をおさえながら逃げだしたが、それでも投石はやめなかった。裸足でその石ころだらけの野原をどこまでも逃げていった。あの子は俺に射殺される恐れをいだいていたのだ。子供は逃げた。だから、俺は殺さなかった。老人の目はあの子供に似ている。なぜ老人は逃げない。ある雨の日、そんなに夕暮れてもいなかったが、あたりは薄暗かった。俺はずぶぬれになり、ぼんやり外をみながらやはり金網沿いを歩いていた。俺はわざと濡れたんだ。何も考えなくてすみそうだったから。金網ごしに濡れた大きい黒目が俺をみつめ、じっとしていた。毛がびっちり、やせた体にひっついた雌犬だった。かれた乳房がいくつも垂れていた。犬は必死に生きていると俺は思った。こんなところに餌なんてないよ。しかし、犬は俺の真意を誤解し、一本の足を引きずりながら遠ざかった。俺はむやみに殺生するわけじゃない。

ジョージは足ぶみするように強く踏みしめた。革靴がアスファルトに鳴り、静寂の空間を破る。十五分はたったただろうか。老人はまだいるだろうか。しかし、ジョージは腕時計を見ない。立哨や巡回のガードにみつかるのではないか。ふと、ジョージは思った。しかし、すぐ、かぶりを振る。みつかろうが、みつかるまいが俺の決心は変わらない。耳鳴りにジョージは気づく。今夜はほんとに珍しくジェットエンジンの調整音がない。と、すると、この耳の底からキーンと連続してやまない金属音は何だ。虫の声か、しかし、ここは石も雑草も土もないアスファルトの広大な平面だ。金網の向こう側の虫か、それにしては近くに聞こえすぎる。いらだったこの夏の虫は、一体どこで鳴いているのだ。今しがた俺がみたもの、あの金網の陰にひそんでいたもの、あれは人間じゃない。ジョージは自分に言いきかせた。獲物だ。餌を探しに来た猪、粗い毛が全身にはえ、鋭い牙をもつ獣、ぶたに似た獣にちがいない。俺は猪をみたことがある。まちがいない。体長一・五メートル内外の、鼻で土をほって食物をあさる夜行性の獣だ。猪はギャーギャー騒ぎ、必死に俺に抵抗するか、目にもとまらぬ早足で逃げちまうだろう。俺はしとめる自信はない。俺の射撃の腕前ではむつかしい。だが、俺はベストを尽くす。あたりがずいぶん薄暗くなっているようにジョージは感じる。ふと、ジョージは思う。俺は抵抗も逃避もしないおいぼれじいさんしか殺せないのか。ベトナムとは違う。いや、あれは猪だ。

地表近くには闇が沈んでいる。草むらにうずくまっている黒い固まりは不明だ。ジョージは立ち止まり、意識して仁王立ちになり、気を鎮めた。動かず、ジョージの小さい動きもみのがすまいと注意深く目をこらしているらしい黒い固まりと八、九メートルのへだたりがある。にらみ敗けてはならない。ジョージも目をこらした。顔がこわばった。よそものめというあの目。俺は知っている。そんな目でみるな。あんたたちがそんな目でみないでも俺はこんな所にいたくないんだよ、しかたなくいるんだよ、どうしようもないんだよ。ジョージはわめきちらしたい衝動をおさえた。あんたにそんな目で俺をみる資格はないよ。汚いキャバレーのホステスの親だろ、あの女たちはよくしゃべるし、笑うし、あんたは無口だが、目はちがわないんだ。俺はだぶだぶのアロハシャツに隠した後ろポケットからマグナム五〇五をぬき、安全装置をはずした。カチ、とこきみいい音がした。黒い影は心もち動いたようだ。銃口を向けた。この右人さし指に力を込める、それだけでいい、それですべてですむ。老人は永遠をかいまみる。陽が暮れ、明け、暮れ、日常のそのようなくりかえしがなくなる。老人は不変になる。なあんだ、人間の命は簡単なんだ。いま一度、あの固まりが動いた瞬間に引き金を引こう。ジョージは決心した。動かない。引き金を握りしめた右人さし指が固くなってくる。腕が重い。感覚がまひしかける。早く動け、逃げろ、手向かえ、内心ジョージは叫んだ。ジョージは片ひざをつき、左手で右手首を固く握り、構えを固定した。その時、固まりが背をのばした。ジョージは思いきり引き金を引いた。轟音が広い空間に響き、薬莢が飛び出、同時に影がゆっくりうずくまった。しばらく、射撃の反動でジョージの腕が痙攣した。ジョージはよろめきながら黒い物体に近づいた。足の力が抜け、もつれ、ジョージは金網にもたれた。笠をかぶったままなので首がへんてこに曲がり、顔はなおひどくねじ曲がっている。体はうつぶせになっているが、その窮屈げな顔はジョージを向いている。死にぎわまで俺を凝視していたんだ。ほとんど収穫物が入っていないらしい、ふくらみのない麻袋を右手で強く握りしめている。

ジョージは安全装置をしないまま、ピストルを後ろポケットにおしこみ、ふらふらと金網を離れた。いつのまにか、規則正しく並列した高い外灯の強い白い光が広大な軍事基地を包囲していた。ジョージはあてどもなく歩き続けた。生きてるかも知れないとジョージは思った。たった一発ぶち込んだだけなんだ。致命傷になるはずはない。じっと、うつぶせ、息を殺し、俺が立ち去るのを待っていたにちがいない。血もみえなかった。俺はかえり血もあびていない。俺が犯人？　俺は金網に指紋を残した。俺は殺人罪で死刑になるのだろうか。琉球警察は俺を逮捕できない。布令第八十七号がある。とすると、軍法会議か。軍法会議なら死刑になるはずはない。うまくいけばかえってベトナムの前線に送られなくてすむ。国に送還されるかもしれない。エミリーに会える。ジョージは歩きながらニヤッと笑ったりする。しかし、動悸は消えない。あの老人がたとえ死んでいてもかまわない。ジョージは自分にいいきかせた。そうだ、明朝、ジェイムズ上官のワイフをドライブにさそい、あの死体をみせてやろう。すれば、ジェイムズも少しは俺をみなおすだろう。それとも、露天塵焼き場でガソリンをかけて焼こうか。いや、火葬や埋葬はあの男には値しない。それに俺はこの金網をのりこえられない。高いし、てっぺんに幾条もバラ線がはられている。一番近いゲートでも二マイルはある。蠅がつき、うじが湧き、くさり、黒い汁を出し、土にしみ込むまでほうっておく。それにしても死体から摘出される弾丸で俺が射撃した事実はわかるかもしれない。取り調べはうけるだろう。どう弁解すべきか。猪とまちがえた？時間を少し遅くずらし、暗すぎ視力が減退していたとする？　それとも基地内から金網をこえて外に逃げた、俺は空に二発威嚇射撃した、それでも逃げた、俺はやむなく撃った？　これは確実ではある。基地内に沖縄人が無断侵入すれば中で何をしようがしまいが、おかまいなく、すぐ射殺していいのだから。しかし、あの老人が金網をこえられるか。それとも、ジョージの考えは変にさえる。それともあと五十メートルほど引っぱり、立入禁止区域に死骸をおこうか。果たして、このようなめんどうくさいいいわけを考える必要があるのか。取調官はどうせ、よくは調べないのだ。俺はジョンやジェイムズに事実をうちあけたい。いくら歩き続けてもジョージは疲れを感じない。草むらを遠く離れたが虫の声らしきものはジョージの耳で異常に高まる。

猫太郎と犬次郎

1

棕櫚が群生した山に囲まれた、賀陽村謝敷集落は、棕櫚の里と呼ばれている。周りに十数本の高い棕櫚が生えた女長老シゲの赤瓦の家は晩春の夕霞にかすんでいる。数日前にシゲの四十九日を滞りなく行った集落の幹部たちが後任の長老を決めようとシゲの仏壇の位牌の前に座っている。

生涯独身をとおしたシゲが所有するかなりの土地や動産を次の長老が全て受け継ぐ決まりにしたせいか、或いは実務は幹部が執行し、長老職は名誉や集落のシンボルにすぎないからか、長老に立候補するものは少なくなかったが、男五人、女二人の総勢七人の幹部はシゲの初七日以降会合を重ね、すったもんだの末、自分たちにも利益が回るように密約を交わし、賀陽村役場の総務課長上がりの勇兼《ゆうけん》と集落の青年会長の勲と女占い師の寿恵《ひさえ》の三人の幹部に絞った。

白いコーラルを敷き詰めた広い庭に戦後十年にもなるというのに、日本兵なのか外国兵なのかよくわからない、カーキ色の詰襟の兵隊服を着た、正体不明の二人の男が現われた。背丈も体重もかなり違うが、二人の顔や体のかっこうは相似形のように驚くほど似ている。

二人とも女のように肌がきめ細かく、腕の毛や顎鬚も薄く、オールバックにした黒い髪は鬘のようにテカテカ光っている。力仕事ではなく、口先三寸の仕事をしてきたようだと初老の勇兼は直感した。

二人はザクッザクッと砂利を踏み鳴らしながら、しばらく庭を歩き回った。日本兵のように脚にゲートルは巻いていなかった。姿勢がよく、胸を張り、闊歩する大きい方の男と対照的に小さい方の男は右肩を垂らし、幼児のようにぎこちなく歩いている。

「何かここに用があるのかな」と勇兼が額にかかる白髪の前髪をかき上げ、縁側から二人に言った。二人は足を止め、大きい方の男が甲高い声を出した。

「ひどい方向音痴の私は一人では道も歩けないから、先を見通す力があるこの男をいつも連れている」

脈絡のない台詞に幹部たちは互いに顔を見合わせた。

大きい方の男が家の奥を覗き込み、仏壇の位牌に軽く手を合わせ「私はこの家の孫だ」と言ったが、シゲとは似ても似つかなかった。シゲは痩せ、顔は細長く、二重瞼の目は大きかったが、この男の顔は真丸く、目は何を見ているのかわからないくらい細く、つり上っている。

大きい方の男は「私が祖母のお腹に戻ってきたのは帰巣本能だ」と言いながら小さい方の男の背中のリュックサックから取り出した古い和紙の家系図を縁側に広げた。勇兼は身をのりだし、書かれている生年月日から素早く年齢を計算した。今年、祖母は七十一歳、母は四十歳、この男は二十四歳になる。「私は祖母の一人娘に産み落とされた。父親は満州の原地の男だ。母親はすぐに死んだ」と大きい方の男が言った。

チリヂリの髪を整え、口の周りに髭をたくわえ、体にぴったりくっついたズボンの後ろポケットに舶来の長財布をつっこみ、金のネックレスをした、長老候補の勲が「でたらめを言うな。さっさと帰れ」と怒鳴った。

「孫がいたという話を誰か聞いたか」と勇兼は騒めきだした幹部たちに聞いた。幹部たちは頭を振った。「シゲは仏壇によく話しかけていたが、孫のまの字も出なかったよ」と勇兼が大きい方の男に言った。「あんたの祖母の生年月日は？　性格や体の特徴は？」

勲は長老選挙を見据え、堰を切ったように言った。

「孫と言っているこの男はシゲ長老の面影がどこにもないよ。太っちょで、むさ苦しいだけだ。戸籍もなく、シゲ長老の遺言にもないんだ。財産狙いの偽物だ。警察沙汰にしろ」

大きい方の男の異様な光をためた細い目に見つめられ、急に恐くなった勲はまくしたてるように言った。

「おまえは偽物だ。家系図もでたらめだ。おまえに長老が勤まるもんか。俺は子供の頃からシゲ長老を見てきた。いくら勧められても何の宗教も信じなかった。どんな選挙の投票にも行かなかった。眠れない夜は夜鳴き鳥の声を数え、朝は一番鶏の鳴き声を聞かなければ目覚めなかった。な、みんな」

勲は幹部たちの顔を見回した。

「いいか、みんな、この男に声をかけるな。顔を見るな。何一つ渡すな。飢え死にさせろ」

ずっと変にうつむいていた小さい方の男がふらつきながら大きい男の前に回り、勲の顔を指差し、太い首を左右に揺らしながら、目をむいた。

「おまえはまもなく死ぬ」

勲は小さい方の男の低く不気味な声に驚き、目を見開いたが、すぐ声高に笑った。

砂利を力強く踏みしめ、音をたてながら門を出ていく大きい方の男の後を小さい方の男がよろよろしながらついていった。

勲は「あの男は馬鹿か」と嘲ら笑いながら勇兼に同調を求めた。小さい方の男の得も言われぬ不気味な声と仮面のように表情を隠した男が勇兼に少年の頃の出来事を思い起させた。

至る所に棕櫚が葉を広げた、この山間の集落にも日露戦争の情報がもたらされた明治三十八年の秋、長く病床に伏せ、痩せこけた中年の女が、ある日突然外を歩き回り、予言を始めた。「おまえは明日死ぬ」と言われた人は本当に翌日死んだ。人々は恐れ戦き、この女と出くわさないように細心の注意を払ったが、女は家の中にも突然現われ、住人に予言を告げ、死に追いやった。集落の人たちは四人に予言を的中させた女を家もろとも焼き払おうと松明を手に女の家に向かったが、女は先祖の位牌を胸に抱きしめたまま死んでいた。

勇兼は身震いがし、幹部たちの顔を見たが、何も言わなかった。

2

勇兼たち幹部は大きい方の男に猫太郎、小さい方の男を犬次郎と名付けた。

犬次郎の予言から三日目の夜、勲は大きな手の平のような葉が満月の明かりに輝く棕櫚の木の下に倒れていた。毒薬を飲まされ、苦しみもがいたように指が硬直していると勇兼は感じたが、謝敷集落から数キロ離れた、商店街や役場のある賀陽村の駐在所から急行してきた警官は、心臓麻痺と断定した。

「酒も煙草もやらない若く健康な男が突然病死するわけはないよ。あの犬次郎の予言のせいだ」

勇兼は警察に軍服の男たちが現われた日の出来事を詳しく話した。しかし警官は、綿密に検分したが、危害が加えられた形跡はないと取り合わなかった。

翌日の夜遅く、毎日の儀式のように卓袱台を前に正座し、寝酒を飲んでいた勇兼の耳に窓ガラスをたたく音が聞こえた。見ると犬次郎がガラスに顔をくっつけ、笑っている。勇兼はひどく驚いたが、「用事があるなら、玄関からまわってこい」と大声を出した。窓から消えた犬次郎はなかなか現われず、勇兼は怯えながら玄関を開けた。両側を棕櫚に挟まれた一本道を幼児のようにぎこちなく歩く人影が見えた。

勇兼は集落の人と顔を合わすたびに「犬次郎に指をさされたら死んでしまう」「夜道に立っている黒い影には絶対声をかけるな。まちがいなく犬次郎だ」「もし、出くわしたら、犬次郎が口を開く前に一目散に逃げろ」「犬次郎が現われたら畑仕事の途中でも祝いの席でも逃げろ」「これまでのように酔っ払って軒下や道の真ん中に寝たら大変だよ」と言った。

ある日の夕方、軍服のズボンのポケットに両手をつっこんだ犬次郎が棕櫚の影から突然現われ、肩をゆすりながら近づいてきたが、鎌とモッコを投げつけ、何とか逃げ延びたと片目が不自由な老人が幹部に告げた。別の老人は路地を曲がった時、棕櫚の幹にもたれ座っている犬次郎と目が合った。いくら鼻をつまんでも、口から息ができる。あの世から早く迎えが来て欲しいのにと口癖のように言っている老人だが、この時は死にたいという気持ちは吹っ飛び、脇目もふらずに逃げたという。

勇兼は集落の年中行事や祝宴も一切中止にするよう幹部たちに提案し、賛同を得た。犬次郎が集落内を徘徊しているという噂は日に日に増し、人々は夜間や早朝のみならず昼間の外出も控えた。食事の最中に犬次郎が現われないか、ひどく気になり、どの家も内鍵をかけ、薄暗い中、かきこむように食べた。

一方、数人の青年たちは、殺人の証拠をつかむために犬次郎の追跡を計画し、また犬次郎を捕獲するために猪の罠を何箇所かに仕掛ける手筈を整えた。しかし、自分に災いが降り掛かるのを恐れ、結局実現しなかった。

「犬次郎が口を開く前に気絶させるしかない」と青年たちは六尺棒を持ち歩くようになり、人々にも勧めた。老いも若きも男も女も六尺棒を手元から離さなくなった。

怪死した勲の父親は六尺棒ではなく草刈り鎌を持ち歩いた。犬次郎を気絶させるのではなく斬り捨てるという。母親は猛毒の夾竹桃の枝をお箸がわりに犬次郎に使わせてちょうだいと幹部たちに懇願した。

数日後の昼間、幹部たちは集落一占う力があり、長老候補にもなっている、豊かな白髪を頭のてっぺんに丸く結った寿恵と亡くなった勲の家を訪問した。

幹部の一人の太った、天然パーマ髪の中年女が勲の両親に言った。

「予言が当たったからって、犬次郎が息子さんを直接手にかけたわけではないのよ。警官は心臓麻痺と言うし……」

「猫太郎を新しい長老にしたら、犬次郎は予言しなくなるんじゃないかな」とやはり幹部の、中学教師を病気退職した、大きい目がおちつかない小柄な孝夫が言った。

幹部たちは顔を見合わせ、少し考えこんだが、勇兼が「正体が全くわからない余所者に財産や土地を乗っ取られてもいいのか。謝敷集落が支配されてもいいのか。ここの息子の恨みは晴らさないのか」と強く言った。

「注射をしたらおとなしくなるはずだ。獣医の吉元ならいろんな薬を持っている。いつも豚をおとなしくさせているから」と勲の父親が言った。

「誰が犬次郎に注射するんだ?」と孝夫が言った。

「……静かな集落で、年取って、みんなに看取られて人は死ぬのに、うちの一人息子がどうしても納得できない死に方をするというのはどういうわけですかね」

勲の母親が寿恵にお告げをこうた。

寿恵は先祖代々伝えられている青い石の勾玉を巾着から取り出し、卓袱台の上に転がした。

「犬次郎の予言には何か裏がある。猫太郎の言いなりになっている」

「猫太郎は本当にシゲさんの孫ですかね」

勇兼が寿恵に聞いた。

「孫ではない」

「どうしたらいいですかね?」

天然パーマ髪の女がきいた。

「うちが二人の男に断固鉄槌を下し、集落内を浄化する。永久に二人を一掃する」

寿恵は誰か英雄が乗り移ったように断定し、風呂敷包みを抱え、隣の部屋に入った。

白装束に着替え、白い鉢巻きを絞めた寿恵を先頭に幹部たちはシゲの家に向かった。

勲が怪死した後、人々は全くシゲの家に近づかなくなり、今は堂々と猫太郎と犬次郎が住み着いている。

寿恵は玄関を入るなり、床の間の、異様な装いをした女神を描いた掛け軸を背に正座し、茶を飲んでいた猫太郎に、あんたは永遠に長老になれない、早く謝敷集落を出ていくようにと声高々に勧告した。

隣の部屋から犬次郎がふらつきながら現われ、正面から寿恵の顔を見据えた。幹部たちは怯え、体を寄せ合った。

「おまえはまもなく死ぬ」

犬次郎は寿恵の顔を指差し、眠りから覚めた直後のような濁声を発した。

「予言のつもりかね？　馬鹿馬鹿しいね。うちの予言が当たるのよ。あんたはここ一週間を待たずに水死する」

寿恵は具体的に予言し、胸を張り、シゲの家を後にした。溜飲を下げた幹部たちは寿恵を囲むように歩きながら、寿恵を褒めたたえた。

三日後の早朝、妙に白っぽい靄の中、棕櫚の幹に寄り掛かるように死んでいる寿恵に数匹の犬が吠え立てた。警官は徹底的に死因を調べたが、心臓発作による病死以外の判断は下せなかった。幹部たちは「犬次郎の予言だ」「二人目の犠牲者だ」と訴えたが、警官は「予言があったとしても高齢だから、偶然の一致だ」と真に受けなかった。

3

二人の男女の奇怪な死に犬次郎が深く関わっていると確信した幹部たちは公民館に集まり、対策を練った。焼き討ちなどの強硬策も勇兼から出たが、猫太郎を懐柔しようという孝夫の案が採用された。

寿恵の怪死から四日目、集落の幹部男女五人がシゲの家に向かった。天然パーマ髪の女が門から玄関の方にうわずった声を張り上げ、「今日はお詫びとお願いに参りました。長老のあなただけ出てきて下さい」と言った。

まもなく玄関の引き戸が開き、猫太郎が顔を見せ、「入りなさい」と言った。犬次郎は見当たらなかったが、ふいに現われる予感が漂っていた。孝夫がすぐ話を切り出した。

「もう一人の方の予言を止めさせて下さい。何でもあなたの言うとおりにするから」

猫太郎の目はひどく細く、感情は読み取れなかった。

「どうか、もう一人の方を人の前に現さないで下さい」と天然パーマ髪の女が言った。

「もう一人の方を座敷牢なりに閉じ込めてくれたら、あんたの言いなりになります」

と孝夫が言った。

天然パーマ髪の女が「座敷牢なんかないわよ。……あなたは立派な体格でいらっしゃる。色白で高貴でいらっしゃる」と言いながら風呂敷から干し野菜や干し果物や魚の缶詰を取り出し、猫太郎の前に置いた。

「ちなみに今、犬次郎……小さい方の男性はどうしていますかね？」と勇兼が猫太郎に聞いた。

「秘薬を飲ませて眠らせている」

「……死んだんですかね」

「寝ているだけだ」

どんな秘薬なのか、誰も聞かなかったが、猫太郎は三種類の秘密の香草と馬の骨を煎じた真っ黒い濃厚な汁だと言いながら和テーブルの上に紙を広げた。孝夫が猫太郎の言う言葉を書いた。一、朝七時、昼十二時、晩六時に豪華な食事を二人分提供する。二、冬暖かく、夏涼しい衣、住まいを保証する。三、命令には絶対に従う。

猫太郎は孝夫に三か条を恭しく拝読させ、「一つでも破ったら、予言を聞くはめになる」と言った。

「酒や煙草はいらないんですか」と天然パーマ髪の女が聞いた。

「私たちは煙草も酒も飲まん」と猫太郎が言った。

「お金もいいのかしらね?」と天然パーマ髪の女に耳打ちされた勇兼は人差し指を口元に立てた。

「必要な時に要求する」と猫太郎が言った。

長居をすると更に要求が増えると考えた幹部たちは目くばせをし、あたふたと帰った。

女だと猫太郎に何をされるかわからないと天然パーマ髪の女が強調し、食事は朝晩は逃げ足の速い少年たちが、昼は犬次郎の予言がひどく聞き取りにくい、耳が遠く視力の弱い小柄な老人が運んだ。

少年たちは朝晩興味深く家の中を見回した。板壁には近頃は見かけなくなった明治の元老の大きな人物画が飾られ、柱には青龍刀の模造品が立て掛けられていた。

朝の食器は昼食を運びこんだ時に持ち帰るのだが、常に汁の一滴、米の一粒も残っていなかった。元々でぶの猫太郎は凄い食い気があり、日に日に太り、顎や肩の周りに脂肪がつき、首が隠れている。立ち上がるのも少し歩くのも鈍く、億劫そうだと少年たちは幹部に報告した。

少年たちは猫太郎の行状を前日の晩の食器を丁寧に片づけるふりをしながら窺った。猫太郎は姿を見せない犬次郎に独り言のように話しかけながら食事をする。食事を運ぶうちに少年たちは猫太郎の言葉の端々から猫太郎が犬次郎に何かの水薬を飲ませ、狙いをつけた人に対面させ、予言させていると察した。

「殺人教唆という罪もある。すぐ警官に通報すべきだ」と勇兼が言ったが、他の幹部たちは証拠がないから警官は取り合わないだろうと話にのらなかった。

ある日、太りすぎた猫太郎は少年たちに、相撲取りが着るような大きい着物を二つ持ってくるように、と命じた。孝夫が若い女たちにすぐ着物を縫うように言いつけた。

「次は娘を要求しないかな」と勇兼が公民館に集まった幹部たちに言った。

四人の孫娘のいる老人幹部はおそれふるえた。天然パーマ髪の女は「自分は絶対猫太郎の生贄になりませんから」と強く言った。

「猫太郎は酒も煙草もやらないから、女にも関心はないだろう」と酒や煙草や女が好きな、無口の背の高い中年の幹部が言った。

数日後、猫太郎は「集落一の美しい処女を明晩、夕食と共に連れてくるように。明け方には帰す」と少年たちに命じた。

公民館に幹部と集落の人々が集まり、「大きな人道問題だ」「俺たちの名が廃れる」と処女は差し出さないという結論に達したが、代案が出せず、一人残らず黙りこくった。

「獣医の吉元の種付け豚で猫太郎を脅して、処女云々の話を撤回させよう」

子供の頃、種付け豚に二度度肝を抜かれ、気絶させられた勇兼が突拍子もなく言った。

人々は唖然としたが、他に手立てはなく、これ以上思案する気力もなく、半ばわけのわからないまま賛同した。

シゲの家の前に登場した種付け豚は飼い主の小柄な獣医のゆうに三倍はある。学校を休み、昼食を持ってきた少年たちが玄関を開けたとたん、鼻をグーグー鳴らしていた種付け豚は巨大な体をブヨンブヨンと大きく揺らしながら中に突進した。

まもなく、ひどく太った犬次郎が縁側から飛び出してきた。人々は犬次郎から目を逸らし、耳をふさいだ。棕櫚の並木道を肩をゆらしながら逃げる犬次郎を種付け豚が追いかけた。犬次郎が発する匂いが種付け豚には何とも言えないんだと獣医が目を見開き、息を切らしながら言った。人々も後を追った。蛇に睨まれた蛙のように犬次郎の足は委縮したのか、足の遅い種付け豚から逃げ切れなかった。ようやく種付け豚の尻尾を捕まえた獣医は巨体にひっくりかえされた。

種付け豚はついに犬次郎を三、四メートルの深さのある池の縁に追い込んだ。しばらく種付け豚と対峙していた犬次郎は自ら飛び込むように池に落ちた。種付け豚は水紋が丸く広がった水面をしばらく見ていたが、平然と獣医の元に戻っていった。

犬次郎の頭が水面から出た。人々は手を伸ばし、恐る恐る犬次郎を引き上げた。勇兼が猿ぐつわをかませようと腰からタオルを取ったが、犬次郎はすでに死んでいた。犬次郎を操り、殺人に駆り立てた猫太郎をどう処分しようか、勇兼を中心に幹部たちが話し合っている間に、妙に興奮し、目をギラギラさせた少年たちは猫太郎を連行しにシゲの家に走っていった。

努の歌声

1

近所の、髭剃痕が青黒く、頭頂部の禿げた、昭和三十一年生まれの男は来年、申年の年男だという。旧正月が済んだら親戚や友人を呼び、盛大に祝うという。

弟の努より一歳年上の、この男は幼少の頃、紅白の棒飴をなめながら、よく努を見つめていた。

努が生きていたら再来年祝えたのに……。私は胸が締め付けられた。

努の三十三年忌は既に過ぎている。逆算すると没後五十年近くになる。あの頃、残業帰りの父がヨロヨロとトラックの前に倒れこみ、即死した。翌年母も病死した。三十三回忌どころではなかったのだろうか。沖縄では三十三回忌をウワイスーコー（終り焼香）という。この法事をさかいに亡くなった人は成仏する。あの頃、私はすでに五十二歳ぐらいになっていた。父と母の一年忌、三年忌は無事に終えた。結婚五十周年に金婚式を祝うように、近く努の何かをやらなければならないと私は考えている。

「年男」や「三十三年忌」が頭から離れず、妙な無常観にとらわれた。このようなある日、中学の同期会の通知が届いた。これまでも何度か届いたが、私は気のりがせず一度も出席しなかった。

卒業後五十三年目の今年は、同じ集落の靖夫が熱心に誘った。私はいささか自虐的になっていたのだろうか。靖夫の「お互いいつ死ぬかわからないから。みんなと会っておこう」「この世に思いを残さず、とことん話し合おう」などという何か後向きの悲観的な言葉に心が動かされた。

当日はハロウィーンの日と重なっていた。会場のホテルのエレベーターには杖をついた男や、車いすに乗った女もいた。私たちは誰なのかよくわからないまま握手をし、笑みをうかべながら四階の宴会場に入り、クラスごとに十ばかりの円卓に座った。

私は背丈が高く、豊かに髪（小学生の時は直毛だったが、中学一年に丸坊主にし、中学三年にのばしたら曲毛になっていた）もあるが、長年の無気力、不摂生のせいか、目がくぼみ、頬もこけ、顔色も青白く、頭の禿げた男や深く皺が刻まれた女より老けていると思った。

各円卓とも声を張り上げ、握手をしたり肩をたたきあったりしていたが、まもなく、ビールジョッキから泡盛の回し飲みが始った。

「アルコールだから消毒されている。友情の証だ」「私は嫌よ」「この年になって、嫌よもない」などと騒ぎながら豪快に飲み、酔いはすぐに回った。

隣の円卓から「私、今日のために短期決戦ダイエットをしてきたわ」「俺は白髪を丹念に染めてきたよ」「俺も含めて、男たちはみんな妻と別れたいと言っているよ」「だったら女たちも全員夫と別れたがっているわ」とはしゃぐ声が私の耳に入った。冗談なのか、本気なのか、よくわからなかった。

「夫はいつ死ぬかわからないから愛情を込めたら大変よ」と隣に座っている、和服を着た女が私に言った。「死ぬ話なんか……」と私はつぶやいた。この女の名前は思い出せないが、たしか中学生の頃は一言も言わないような内気な性格だった。今は誰よりもよく喋る。「修一さん」と女は私に言った。「私の義母は九十八歳になるけど、百歳まで長生きさせてと毎朝太陽を拝んでいるのよ」

「俺は尿飲用健康法をやっている」と私の向かいの男が角張った顎をさすりながら和服の女に言った。「余所で言うと異様に思われるから黙っているが」

「自分は琉球大学医学部の献体篤志団体の会員になったよ。献体は人道の最たるものだ」と痩せた、小柄な男が言った。

円卓に着席した時に自己紹介をしたが、ぼんやり聞いていた私はすでにメンバーの名前を忘れている。

「僕は戒名も作ってある」と赤ら顔の大柄な男が言った。「私は前夫の墓に入りたいわ。二番目の夫の墓には入りたくないの」と中学生の時おしとやかだった、髪をアップにした女が私に言った。「葬儀代をしっかり貯めて、子供に遺言したらいいよ」と赤ら顔の男が言った。

マイクから「静粛に願います」という声が聞こえた。私は舞台を見た。黒装束をはおり、とんがり帽子をかぶったハロウィーンの魔女姿の小柄な女が開会を告げ、巻紙を広げ、亡くなった同級生の名前を淡々と読み上げた。三百十四人の同級生のうち三十一人が亡くなっていた。全員立ち上がり、一分間の黙禱をした。

私はなぜか今生きている同期生より亡くなった同期生の名前を覚えていた。しかし、顔は彷彿せず、思い出そうとしたら急に努の面影が浮かんだ。努はこの三十一人の誰よりも先に亡くなったんだ……。小さく身震いした。

「お座りください。今晩の参加者は七十四人です。昭和三十八年に私たちは中学を卒業しました」と司会の声がぼんやり耳に入った。五十三年……何か夢幻のような不思議な感覚が生じた。司会は他にいろいろ話したが、円卓も騒がしくなり、よく聞き取れなかった。

司会がまた全員立ち上がるように、とアナウンスした。幕開きの祝賀舞踏などもなく、いつの間にか舞台に上がった、直毛の硬い髪が真っ白になった靖夫のギター演奏に合わせ、校歌を合唱した。「ゆくてはいかに遠くとも進取の旗をおしたてて理想の岸をめざしつつ若い心をひとすじにわれらの道を進もうよ」という二番の歌詞を卒業後心に言い聞かせ、奮闘したなら私もいっぱしの人間になれたのではないだろうか。この同期生たちは歌いながら何が胸を去来しているだろうか。誰もかれも感慨深げには見えないが……。

「みなさん、また五年後に会いましょう。それまでは石にかじりついてでも生きていましょう」と閉会の言葉のように述べ、魔女姿の司会は靖夫と共に舞台を降りた。

円卓では孫の話が始まった。

「あなたは孫が一人生まれたら、すぐ死んでもいいとうちらにいつも言っていたのに、いざ生まれると命が惜しくなって、煙草も断ったのよね」と中学時代無口だった女が角張った顎の男に言った。

「俺の孫は東京にいる」と赤ら顔の男が言った。「私の孫はフィリピンにいるわ」と髪をアップにした女が言った。

自分や子供はろくな人生を送っていないのか、私を除いた円卓の七人全員が孫に期待をかけるかのように孫の話を熱っぽく語った。

「孫は十歳になる」と言う者が何人かいた。努が亡くなった十歳という年令を、私は気にしたのだろうか、他の円卓のあちらこちらから、ちょうど合い言葉のように「十歳」「十歳」と私の耳に入ってきた。私の頭の中では努と同期生たちの十歳の孫が結びついてしまった。

努の美しい顔がくっきりと思い浮かんだ。すると急に同期生の禿げ頭や皺の刻まれた顔が変に胡散臭くなった。孫が何人もいるという痩せた小柄な男と和服の女は「おじいさん」「おばあさん」と日頃呼ばれているらしく今も背中が曲がり、話し方も孫と話すように稚拙になっている。立ち居振る舞いもどこか老人に見える。

俺も結婚をしていたら今頃は努が亡くなった歳の、十歳の孫がいたかもしれないと考えると不思議な気がする。

マイクから「静粛に」という、ギターを抱え、舞台に上がった靖夫の声が聞こえた。各円卓のざわめきがおさまった。

一瞬私はギターを弾くジェスチャーをし、体を左右に揺らし「星は何でも知っている」を歌った中学一年の靖夫を思い浮かべた。あの時、クラスの男女は椅子や机の上に立ち、靖夫の歌に合わせ、踊った。さほど気のりしなかったが私も手をたたいた。「みんな、一緒に歌おう」と靖夫はマイクの前の椅子に座り、言った。「素人のギターなんかいらないよ」「カラオケにしよう」という声が上がった。舞台にはカラオケも備えられている。靖夫は声を無視し、中学一年の音楽の教科書に載っていた「オールドブラックジョー」を弾きだした。「若き日早や夢とすぎわが友みな世を去りてあの世に楽しく眠り……」と大合唱した。今度は「別れの歌」を晴夫のギターに合わせ、全員歌った。

「さらばさらば我が友」と歌いながら私はふと、なんだこの同期会は、何をしようとしているんだと思った。「しばしの別れぞ今は」というフレーズがしばしではなく永遠の別れのように思えた。こんな歌よりはむしろ勇敢な軍歌に鼓舞されたいと思った。いつだったか、どうしようもなく淋しい日だったかと思うが、一人静かに軍歌のレコードを聞いた時、胸がジーンとした。

私は突然立ち上がり、「靖夫、もういい。降りろよ」と叫んだ。会場は一瞬シーンとしたが、「そうだ、カラオケ、歌おう」という大声がし、すぐ同調する声が方々から聞こえた。太った女がヨタヨタと壇上に上がり、靖夫の手を取り、舞台から降ろした。「よっ、介護士」という声が上がった。

靖夫は太った女に手を取られたまま私たちの円卓に座った。「靖夫、明日にでもうちにラブレター書いてよね」と太った女は笑い、靖夫の手を離し、別の円卓に行った。私は少し気まずかったが、靖夫は「俺のクラスの円卓にはクイーンがいるよ」と私に言った。「君も知っているだろう？　華子だよ。中学時代いい女だったのは七十前になってもいい女だよ」

私は靖夫のクラスの円卓に振り向いた。いつの間にか酔いの回った大勢の男たちがクイーンを取り囲んでいる。

「俺のクイーンは奈津子だ。奈津子こそ絶世の美女だ」と靖夫が言った。

音楽クラブの、管楽器を吹いていた奈津子を私も知っている。高校の夏休みに定期船が三角波をうけ、沈没し、亡くなった。たぶん同期生の中では一番に早世した。

靖夫は周りの女たちに「美人は薄命だ、薄命だ、美人は」と何度も言った。「悪かったわね、美人じゃなくて」と着物姿の女がふくれた。

まもなく、クイーン以外の多くの女たちはおもしろくないのか、次々と舞台に上がり、マイクを奪い合うように歌いだした。するとクイーンの周りにいた男たちも「華子、俺とデュエットしよう」「いや、華子、僕が先だ」と騒ぎながらクイーンの手を引っ張り、クイーンを取り巻きながら舞台に殺到した。

長く一人暮らしをしているせいか、私はこのような騒ぎは好きになれなかった。また、いつも静謐な雰囲気の努を思い出し、どうにもいたたまれなくなり、立ち上がりかけた。すると、「カラオケは音楽じゃないよ、出よう」と靖夫は私の背中を押した。私はタクシーに乗り込みながら「どうなっているんだ。同期会はいつもこんなものなのか。同期会というより集団告別式のようだ」と靖夫に言った。靖夫は、どういう意味だと怪訝そうに聞いた。

「君の惜別の歌を聞いて、亡くなった弟の努を実際に存在するように思い出してしまって、たまらないんだ」

靖夫はしばらく黙っていたが、「よし、俺の担任だった松田先生の店に行こう。俺が先生にギターを教えたんだが、今じゃあ目が不自由な先生から俺が教わっているよ」と言った。

2

昭和三十二年の四月一日、私はずっと一人っ子だったが、十年目に弟が生まれた。どういう経緯だったかわからないが……弟が欲しかったのか……お産の日、首里の産婆さんの家に私も行った。弟の後には誰も生まれず、私たちは二人っきりの兄弟だった。

身長も体重もとびぬけていた努は健康優良児の表彰を受け、私はティンク、ティンク、モーイ、モーイと三線と手踊りの真似をした。努は満面の笑みを浮かべ、はしゃいだ。

病気になる前の、美少年の努の写真が仏壇に飾られている。大きい目が澄み、形の良い唇も卵形の顎もキリッと引き締まり、柔らかい頭髪が額に垂れている。

私が小学校高学年の時、毎月購入していた少年雑誌の表紙を飾った「海水帽をかぶった少年」「鎧兜の若武者」などの紅顔の美少年にとてもよく似ていた。

三歳の頃だったか、努は家の近くの小さい坂道を登り降りする時、よく転び、頭をうった。頭をうったから脳の病気になったのだろうか、すでに脳の病気が発症し、転ぶようになったのだろうか。

ある日突然、努の美しくクリクリ輝いていた瞳の片方に異変が現れた。これまではヨチヨチ歩いていたのだが、立てなくなった。

私はよく努をおぶり、庭に出た。私がおぶっている努の写真はいつも私の胸を締めつける。丹前を着た努は、片目が斜視のようになり、首に力がなく、ダラリと私の肩に頭をくっつけている。

何年か後には頻繁に痙攣を起こすようになり、母や私が抱きかかえ、五百メートルほど離れた、大通りに面した小さな木造の医院に走った。

母は病気がちの自分が妊娠中に薬を飲んだから努は病気になった、と自分を責めた。しかし、医者は、薬の影響なら健康では生まれないと断定し、私も舌足らずだったが、母を慰めた。

病気が努の特別の才能を生じさせたのか、ラジオから流れる歌謡曲をすぐに覚え、一言一句まちがいなく歌った。

両親が不憫に思い、蓄音機とレコードを買ってきた。すると琉球民謡も見事に歌った。

努の歌声は息継ぎがわからないというかアクセントがないというか、どこまでも一気に伸びた。大人の歌手のように聴く人を感動させようなどとは意識せず、技巧にも全く走らなかったと私は思っている。歌を歌っているという感じがせず、鳥の鳴声や風の音に近かった。声自体が歌に思えた。

努は私の顔を見ると喜び、すぐ歌ったが、歌わない時は私が目をみつめ一節歌った。すると努は歌いだした。

私が弟思いだったのか、弟が兄思いだったのか、私と努はよく通りに面した自分の家の赤瓦屋根の軒下に座った。通行人は努に微笑み、声をかけた。リクエストに応えるように努が歌いだすと通行人は立ち止まり、じっと聞き入った。しだいに人の輪ができた。

日毎に努は首の傾きが大きくなり、元気を失ったが、私が歌うと気力を振り絞るように歌い出した。

顔の表情はかたく、沈んでいたが、歌には勢いや伸びがあり、相変わらず声は透きとおっていた。人々は感慨深そうに努を見つめた。まもなく私は辛くなり、努と家から出なくなった。

父と母が病院に努を連れていく時は必ずついていった。那覇市にあった大きな病院は努の背中に太い注射針を刺し、何か体液を抜き取った。努は痛がり泣いた。私は少し震えながら努の手を強く握りしめた。帰りがけに若い看護婦が「弟さん、美男子ね」と微笑んだ。私はなぜか救われたような気がした。顔は覚えていないが、白い看護服がまぶしかった。

私が高校生の頃、父母と努はパスポートを作り、予防接種をし、本土に渡航した。父母は船酔いをしたが、努は平気だったという。

努の死後、私は、努は東大病院という最高レベルの医療も受けた、安んじなければならないと何度も自分に言い聞かせた。

手術も不可能と東大病院に言われた父はある日、集落一古い井戸に降り、壁面に生えている、努の病気に効き目があるという藻のような薬草を採った。私は弟をおぶり、ヒヤヒヤしながら見守った。

私の大学合格を見届けるかのように、昭和四十一年三月努はなくなった。何か楽しい夢を見ていたのか、声を出さずに歌いながら亡くなったのか、かすかに微笑んでいた。医者に臨終を告げられたが、私にはまだ生きていると思えた。

努の歌を聴いた人は心をひとときに豊かにした。努は何かを人の心に、この世にちゃんと残したと私は考えている。

努は二か年しか歩かなかったが、私は六十八年歩いてきている。私の歩みに何か意味があっただろうか。結婚もせずに四十年余上司の指示どおり建設会社の会計事務を機械のようにやり、今は年金の使い途もなく、日々のんべんだらり過ごしている。努は生きていたら五十八歳になる。どのような家庭を築き、どういう仕事に就いていただろうか。

あのように聞いた歌をすぐに覚え、美しく歌う、端正な顔をした努ならまちがいなく、一つの道に進み、大成していたはずだ。誰もが羨むような幸せな人生を送っていたはずだ、と私は今も信じている。

3

路地のつきあたりにある松田先生の店はネオンサインもなく、店の名前も見当らないが、門灯のような小さい電球が出入り口の脇に灯っている。靖夫が木製のドアを押し開けた。演歌のようなオペラのような、どこかちぐはぐな、聞き慣れない音楽が流れてきた。

客はいなかった。私と靖夫はカウンターに座った、靖夫が赤紫色のしゃれた眼鏡をかけた、小太りの松田先生に、「修一ですよ」と言った。

「修一か。覚えているよ」と松田先生は言った。「中三の時、君は何になると言った？」

「……特に何も」「担任ではなかったが、わしを覚えているだろう？」「図画の松田先生」

「糖尿病で目をやられてしまった。今は音楽をやっているよ」

酒飲みの松田先生はよく二日酔いになり、写生の時は生徒を学校の近くの丘に行かせ、自分は木陰に寝ていた。定年後もずっと酒を飲んでいたのだろうかと私は思った。

「今流れているのは、靖夫が作曲して、録音したものだ」

「先生と俺の合作だ。CDにして、ここで販売しているよ」

松田先生がカウンターのすみに積まれたCDを一枚、ちょっと手探りしながらつかみ、靖夫に手渡した。私は靖夫に一枚千円のCDを買わされた。

「一度飛び込みのアベックが来て、この音楽ではなく、ラジオをかけてくださいと言うもんだから、すぐ二人で追いだしたよ」と靖夫が言った。

音楽が消え、静かになった。私は店内を見回した。カウンターの背後の壁にキリスト、釈迦、達磨、七福神の絵が横一列に貼られている。

「先生は何の宗教を信じているんですか」と私は聞いた。

「全部信じているよ」

「でも相反するのでは？」

「人が人種を超えて仲良くなるように、宗教も垣根を超えなければならないよ」

壁には運転免許証の類の小さい証書も貼られている。眼鏡の奥の松田先生の目は私の視線の先に気づいたかのように、「これらは目が不自由になったわしの生きた証だ」と言った。

靖夫がカウンターに置かれたギターを取り、弾き始めた。「違う」と松田先生が大声を出し、ギターを取り上げ、力強く弾いた。

「さあ、弾いてみろ」と松田先生は靖夫にギターを渡した。靖夫はギターを元の場所に戻し、「先生はこの店でギターも教えているんだ」と私に言った。

靖夫は松田先生に「修一はしょぼくれていかんのですよ」と言った。

「わしはいつも自分自身に、歳をとってはいかんと、言い聞かせているよ」

私が歳を気にし、しょぼくれていると松田先生は思っているのだろうか。

「わしは点滴をうったら白髪が黒くなってきた。目も治るかもしれん」

靖夫が「先生は健康のために一日一万歩歩いているよ。奥さんと一緒に」と言った。

「わしは生きるために歩いている」

九十歳近くになり、またほとんど盲目なのに、まだ生きる意味があるだろうかと私はふと不遜な考えをしたが、「同期会に行ってきましたが、先生と同じ歳に見える生徒もいましたよ」と言った。

「先生は目が不自由になった頃は飲み屋で飲み、帰りは奥さんを呼んでいたが、今はご自分で飲み屋をやって、作曲や作詞に集中なさっているんだ」

靖夫が松田先生と私のグラスにビールを注ぎながら言った。

「女が男に酒を勧める曲も作ったよ、わしと靖夫で」

「本当はホステスが歌った方が客の酒が進むのだが、先生と俺がデュエットするんだ」

「わしらが一曲歌い終わるまでに客はグラスの酒を飲み干すんだ」

「公務員を定年後……七、八年前から俺は通い始めたが……店を繁盛させようとして、先生は目も不自由なのに客の前で一気のみをしたんだ。だから、肝臓を壊して、手も震え、入院したよ」

「手が震えたら震えたままギターを弾けばいいよ。誰にも真似のできない音色が出る」

「先生は目が不自由になった後も何度か家出をしたんだよ、修一。ね、先生」

「やろうと思えば、人間は何でもできる」

松田先生は少し手探りしながら、しかし、慣れたように缶ビールをつかみ、靖夫のグラスと私のグラスに、目が見えるかのようにこぼさずに注いだ。

「靖夫は中学の時、歌手になると言っていたな」

私は何になると言っていたか覚えていませんか、と聞こうと思ったが、止した。私は秀才でもなく悪童でもなく、目立たなかった。

突然、靖夫が「修一、俺は子供や孫の犠牲になって、音楽家の夢を断たれたよ」と言った。

俺には才能があったと靖夫は言う。中学生の時に出た音楽コンクールでも入賞し、どこかの帰り、バス停留所に座っていた人たちが交わしていたセリフをヒントに作詞もしたという。

「結婚前は俺には光の道が開けていたんだ」

「君はどういう人生だったんだ」と松田先生が私に聞いた。

「どういうって、どういう?」

「先生、修一は弟の努を亡くして苦しんでいるんですよ。四十年も前に亡くなったんですけどね」

「四十九年前です」と私は言った。

松田先生が「走り競争じゃないんだ。誰が何歳で亡くなったなど意味があるか?」と言った。

「百歳で死ぬのと十歳で死ぬのは違いますよ」と私は言った。

「大昔から人は死を受け入れてきた。それでいい。修一、死など考えて天に背くな。諦めたら勝ちだ。次の世はわしや君らが早死にして、努君がとても長生きする」

「……」

「わしは時計のようだと考えている。四時で亡くなった人は後二十時間持ち時間がある。生まれ変わった時は二十時間生きる。逆に二十時間生きて亡くなった人は、生まれ変わった時は四時間生きる」

私は松田先生を見つめ、何か聞こうとしたが、言葉が出ず、深くため息をついた。

出入り口の辺りが急に騒がしくなり、松田先生に挨拶をしながらギターを抱えた五人の中高年の男女が入ってきた。

靖夫がなぜか彼らに静かにシートに座るように指示した後、松田先生を見た。松田先生が私に言った。

「最後に言うが、よく聞けよ、修一。努君は元々あの時、この世に生まれる運命ではなかったのだが、君の両親が熱望したために無事に生まれた。君たちやこの世を見た努君は非常に幸運だと喜んだ。次もこの世に生まれようと願った。願いは必ず叶う。次は非常に長生きするよ」

私は松田先生の口元に見入った。涙が滲んできた。

「病気を治して綺麗な体で生まれ変わるために人は死ぬんだ。わしはこれからギターの稽古がある。君たちは帰りなさい」

松田先生はカウンターから出てきた。

「じゃあ、行こうか」

靖夫は私を促した。私は立ち上がり、シートの松田先生に深々と頭を下げた。

「修一、待て」と松田先生が言った。「わしが努君のためにレクイエムを歌う。わしらが陽気になって、努君も喜ばそう」

私と靖夫はカウンターに座りなおした。

スローテンポだが、高音の曲は、どこか妙に懐かしく、昔、努が歌った旋律にも似ている。この歌も努ならすぐに覚え、歌えると思った。

松田先生は歌うと言ったが、ギターから心に染みいるようなメロディーだけが流れている。

テント集落奇譚

1

猛暑のために死人も出たからというわけでもありませんが、幽霊の話なんです。

三十二年前の昭和二十一年の夏、十九歳の時、私は山深い北部の金武収容所から中部の浦添村字仲間の、鉄条網に囲まれたテント集落に移されました。

周りが異様に赤茶けて見えたのは石という石、土という土が焼け焦げていたせいでしょうか。割れ落ちた石灰岩の断面は音に聞く雪のようにも見えました。

ススキや小さい雑木が所々に生えていましたが、戦前の大木は一本も残っていませんでした。風が舞うと体中埃だらけになりました。

時々、太陽に熱せられた原野や禿げ山の不発弾が爆発し、不気味な音がテント集落に響きました。丘の中腹にある広場に三十張りほどの幕舎が立てられています。

テントの周辺は、浅い土に丈の低い雑草が生え、石ころが散らばっています。広場の四隅には撃ち抜かれた人の頭のように穴の開いた石が集められ、高く積み上げられています。見上げたら目も眩むような白い陽が石垣を照りつけています。ほとんど広場にころがっていた石です。太陽の光のせいか、疲労と空腹のせいか頭がこんがらがり頭蓋骨を積んだという人もいました。

広場の整地をしながら、周りより茂っている草の下には必ず死体が埋まっているとか、水底に引っ掛かった釣り針をはずそうと川に潜ったら釣り針は頭蓋骨の歯にはさまっていたなど、いろいろな話が人々の口に上りました。

戦争が終結し、一年になりますが、この丘の二キロ西にある、私の出身地の字城間は今だに荒廃しています。生き残り方々の避難先から戻ってきた字の人々は否応なしに米軍が設営したテント幕舎に収容されたままです。

米軍の野戦用の重厚なテントは雨水を通しませんが、真夏の今、ムンムンと熱がこもり、目眩がします。夜になっても熱は消えません。出入口のカバーを少し開け、簡易ベッドに横になり、夜風に当たりました。石油ランプをつけていますが、熱にやられたのか一匹の虫も集まってきません。毛布も支給されていますが、今は見るのも嫌です。

定期的に米軍のトラックがテント集落に乗りつけ、集落長のテントの前に食糧の入った木箱を降ろします。集落長が百人あまりの住人に配給します。

米軍の食糧だけでは足りませんでした。多くの人が荒地にかずらを探し、薩摩芋を掘って食べていました。

水はテントから二百メートルほど下ったところにある民家の井戸を使います。艦砲弾が炸裂し、民家自体は形跡もありませんが、周囲を丸く石積みにした井戸に冷たい水が満々とたまっています。

テント集落に若い男は少なく、女や子供が水汲みの仕事もします。仕事の後、黒い短い影を白い岩盤に落とし走り回る炎天下の子供たちも夜は死んだように寝ます。

岩盤の割れ目や隙間に生えた草から夏の虫が顔を出し、必死に鳴く声は夜風にのり、私のテントの中にも流れ込んできます。

2

私と門番老人の関係は誰の目にも奇異に映ったはずです。私は十九歳、彼は五十代前半なのです。一種の主従関係なのでしょうか。このような関係が今時残っているとはなかなか信じられません。

門番老人の正体はよくわかりませんでした。母は生前何も話しませんでしたし、私と同じ字の出身でもありません。

門番老人は豪傑のような風貌をしていました。額は後退しかかっていますが、眼光は鋭く、肩幅が広く、長身でした。

ある日、何かの拍子に詰問するように聞いたら門番老人はようやく重い口を開きました。戦時中はお守りできなかったが、再びお会いできたのはご加護だなどと言いました。意味がよくわからず、さらに聞きました。那覇の辻の遊女だった私の母を相手にしたある高貴な人に、私をお守りするように言いつけられたと言うのです。

門番老人が仕えていた高貴な人は私の父親なのかしらとふと思いました。数日の間この疑問が頭をもたげました。しかし、私は聞かなかったし、門番老人も明かしませんでした。

戦時中も母の側に寄り添おうともしなかった人です。いまさら父とか娘とか名乗っても意味がありません。

門番老人の本名は誰も知りません。いつしかテント集落の人たちは門番老人と呼ぶようになりました。

門番老人は私を天女と勘違いしているのでしょうか。毎朝、丸坊主になった山の稜線から昇り始める太陽とテントの中の私に何やら呟きながら手を合わせるのです。

じっくりと時間をかけ、拝んだ後、私が頼みもしないのに、天秤棒に二つの桶を吊し民家跡の井戸に向かいます。

汲んできた水を私のテントの中の、米軍機の補助ガソリンタンクを切り取った水溜めに入れた後、十数メートル離れた自分のテントの中から私のテントを見張ります。

子供だろうが女だろうが私のテントに入ろうとする者、夜、出入口のカバーをあけようとする者は飛び出してきた門番老人に追い払われたり、手を捩じ曲げられたりします。

テント集落の、小柄だが、キツネ目の利発そうな集落長も門番老人には距離を置いています。前に私をからかった時、門番老人に投げ飛ばされたのがこたえているのです。

私を擁護する門番老人の情熱は日に日に強まりました。

私のテントの左右と後方に、テント集落の外から運んできた石灰岩を積み上げ、高さ一メートルほどの石垣を作りました。また、私のテントの前に木の柱を立て、どこからか転がしてきた米軍のガスボンベを吊り下げました。女に飢えた米兵の集団に私がさらわれたり、襲われたりした時に打ち鳴らすというのです。今は毎日、青っぱなを垂らした子供たちが小石をぶっつけ、遊んでいます。

3

ある日、軍隊帽をきちんとかぶった二人の米兵が鉄条網の外から、テントの前に座っている私をカモンカモンと声をかけながら手招きしました。二人は顔形や姿だけではなく、声も似ていました。背丈はさほど高くありませんが、首や手足が長く、顔は小さく、均整がとれていました。顔や腕の色もたいていの米兵のように赤黒くはなく、白っぽく、身なりや身のこなしがどこか上品でした。

二人はカーキー色の上着やズボンのポケットから真珠の首飾りや銀の指輪を取り出し、頭の上にかざしました。私は立ち上がりましたが、急に不安になり、しばらく突っ立っていました。

これまでも幾人かの米兵がテントの住人にお菓子や固形石鹸などの日用品を平等に分け与えていました。

私は辺りを見回しました。どうしたわけか近くには誰もいません。全部を私にくれるんだわとぼんやり思いました。

初めて目にする装身具が私を魔法にかけたように二人に近づけました。

しかし、装身具を貰うにはたぶん代償を払わなければならないでしょう。鉄条網の間から米兵がプリーズと言いながら差し出す装身具に私は手を伸ばせませんでした。

上品な米兵といえども男です。戦火をくぐり抜けてきた男が若い女に何を求めているのか、私は知っています。

金武収容所は規模が大きく、若い女の人がたくさんいましたが、ほとんどの米兵は私に目をつけました。私は恐くなり、顔に煤を塗ったり、髪をグジャグジャに乱したり、老女のヨレヨレの着物を着たりしましたが、米兵はすぐ見抜き、お菓子などを無理矢理に押しつけたのでした。身動きしない私の足元に静かに置き、何やら言い残し立ち去ったのでした。

ほどなく私を捜していたという門番老人が金武収容所に現れました。門番老人が後ろにひかえているという安心からか、いつしか醜い顔は作らなくなりました。

この双子のような米兵は精神が荒廃しているはずなのに、なぜこのような光が、と不思議になるくらい青い目が澄んでいました。私をどうにかしようとするギラギラした欲情は微塵もひそんでいませんでした。米兵の習慣のような握手を求める気配さえないのです。

米兵は私を生身の女ではなく、神々しい透明な女というふうに思っているのでしょうか。口数も少なく、毎日じっと静かにたたずんでいる人形のような私をただ美しく飾りたてたいのでしょうか。

私は城間御神と呼ばれるほど顔も姿も美しく、噂は北部の金武収容所に収容されていた頃、中、南部にも流れていました。弁当をもって見にくる地元の農家の娘さんたちもいました。

目を光らせ、私の後ろに立っている門番老人に二人の米兵は一瞥もせず、私を見つめていました。青い目が私をクラクラさせ、気がついた時には十数個の装身具を受け取っていました。

何十万人と死んだ日本兵や住民の幽霊に混じり、どうしたわけか、しょっちゅう何かを探し回っている米兵の幽霊もいるという話です。ふと片足のない日本兵の幽霊が足を求め、さまよい歩いているという話を思い出しました。昼間の二人の米兵は何を欲しがっているのでしょうか。双子の米兵の幽霊がテントの周りに立っているような気がし、私は一晩中眠れませんでした。

一回きりと思っていたのですが、二人の米兵は綺麗に髯を剃り、アイロンのかかったカーキー色の服を着け、週に二、三回現れるようになりました。

狂喜し、手を広げながら走り寄ってくる子供や女を無視し、二人の米兵は鉄条網に沿いながらまっしぐらに私のテントに近づきました。

ヨレヨレの着物の前をはだけた子供たちは鉄条網の向こう側の米兵の前に立ちふさ

がり、我も我もと手を差し出しました。腕を懸命に伸ばし、米兵のズボンに手を突っ込もうとする子供もいました。少女は竹かごをさしのべ、何か入れてちょうだいとせがみました。

Pleaseと書いた小さい板を振っている若い女や、手をこねまわしヒャヒャヒャと掛け声を出し、踊ってみせる初老の女もいました。

中年の女たちは口から三線や太鼓を真似た音を出し、指笛を吹きました。この音に合わせ、数人の若い女が軽快に踊りました。二人の米兵は珍しそうに見ていましたが、何もあげませんでした。

何を考えているのか、黒髪をかきあげ、埃をかぶり白っぽくなった紺のスカートをたくしあげる中年の女もいました。二人の米兵は全く関心を示しませんでした。

米兵が私に少しでも触れたら、天秤棒を振り回す気配を漂わせていた門番老人もしだいにこの男たちは危険ではないとわかったのか、天からの贈り物だ。おまえたちとは無縁だなどと怒鳴りながら子供や女を追い払うようになりました。

私を妬むものが出てきても不思議ではありません。

テント集落の女の人と同じように丘の周辺に薪を拾いに行くのが私の日課でした。

最初の頃、門番老人が私に代わり薪拾いをしようとしました。やんわりとしかし強く断りました。女たち全員に平等に課された仕事だから手伝わないようにと門番老人を集落長も説得しました。

装身具を貰った後、他の女の人と差がつかないように薪拾いにいっそう精を出しました。ところが、待ち伏せしていた二人の米兵が岩陰から現れ、私の薪を抱え持つのでした。私は断るのですが、彼らは笑みを浮かべ、首を横に振るのです。私は気が気でなく、テント幕舎の近くにくると彼らに哀願し、薪を置いて帰ってもらうのでした。三度目に駆けつけた門番老人が米兵を追い払いました。米兵は引き上げながらアメリカ煙草を平たい石の上に置きました。

今は門番老人が私を警護しながら薪を半分かついでいます。

近くのテントに一人暮らしのお婆さんがいました。戦前、同じ城間に住んでいましたが、家が離れていたせいか、ほんとにたまにしか口はききませんでした。しかし、お互いに顔は知っています。

私は時々お婆さんの着物や下着を竹カゴに入れ、丘の下の井戸に下り、洗濯をしてあげました。しかし、お婆さんは毎回礼は言いませんでした。テントを支えているロープに洗濯物を干す私の白くなめらかな腕をさすりながら「あんたは優しいね」とも言わずに「うちは八十年生きてきたけど、あんたのような美人は見た覚えがないよ」

と溜め息混じりに言うのでした。

ものごころついた女の子たちもお菓子を欲しがる目とは違う潤んだような視線を私に向けるのです。私が見返すと、恥ずかしげにうつむいたり、ふうっと息をついたりするのでした。

私は顔も姿も美しいから米兵から品物が貰えるのです。美しくない人たちを憐れむわけではありませんが、分けてあげなければなりません。

堂々と分け与えるのは気がひけました。密かに一人一人に手渡そうと考えました。テント集落の糞尿を近くの岩の凹みに捨ててきた、ひどく痩せた老人に、門番老人が受け取らなかったアメリカ煙草を試しにあげてみました。老人は礼も言わずに目を脂ぎらせ、口を半開きにし、桶を足元に落としました。明らかに勘違いしているようです。周りに門番老人も誰もいませんでした。私はテントに逃げ帰りました。

少し離れた所から門番老人が見守ってはいましたが、盛りがついた犬のようなあの老人の形相が浮かび、震えがふいに起きたりし、なかなか寝つけませんでした。むやみやたらに他人に物をあげてはいけないと反省しました。

二人の米兵は私の名前や年齢、出身地などに無関心なのか、聞こうとしませんでした。私は女の人たちを刺激しないように装身具は隠していましたが、たまたま身につけると二人の米兵は感嘆の溜め息をもらし、目を輝かせ、喜びました。つられるように私も小さく微笑みましたが、親しくなるのが恐く、すぐ装身具を外し、彼らの目から隠しました。

門番老人には装身具も足元にころがっている小石にしか見えないようでした。ただ相変わらず、私の後ろに立ち、米兵たちから目を離さず挙動を監視しました。

ある日、私は何を思ったのか、頑なな門番老人のために米兵が履いている頑丈な靴を要求しました。二人の米兵は少し戸惑いましたが、同じような笑みを浮かべ、焦げ茶色の靴を脱ぎました。私は急に米兵がかわいそうになりましたが、手を伸ばし、靴を受け取りました。岩盤の角や、尖った小石が痛いのか、二人は膝を曲げ、左右に肩をゆらしながら慎重に歩きました。門番老人が珍しく唇を歪め、笑いました。

私が二人の米兵に品物を要求したのは、後にも先にもこの一回きりです。

二人の米兵も私に何が欲しいのか一切聞きませんでした。

彼らは装身具以外に口紅や化粧クリームも持ってくるようになりました。私は女の人たちの目を気にしながらテントを閉めきり、暑い中、化粧をしました。一段と美しくなりました。体に塗った香ばしい異国の香りは長い時間私をうっとりさせました。

二人の米兵は毎回私以外の者は徹底的に無視しました。私はますます心苦しくなりました。でも、すぐ光り輝く装身具や甘い香水の香りが私を陶酔させました。

きらびやかな装身具を喉から手が出るくらい欲しがる女の人は少なくありませんでした。ある中年の人は先祖代々伝えられてきた真鍮の香炉をテントから持ち出し、装身具と交換しようと躍起になりましたが、二人の米兵に見向きもされませんでした。夫の精巧な作りの煙草盆を米兵に指し示し、首飾りと交換しようとした女の人は追いかけてきた夫に連れ戻されました。

ついに十四、五歳のポッチャリした、妙な色気のある一人娘を米兵に差し出そうとする女の人も出てきましたが、やはり米兵は目もくれませんでした。私はなぜかほっとしました。

二人の米兵がもう私の前に現れないようにと祈りました。門番老人の日課と同じように、テントの隙間から朝日に合掌しました。

しかし、祈りの途中も、二人の米兵の生き生きとした姿が思い浮かびました。相変わらず週に二、三回現れましたが、私はたまらなく待遠しくさえなりました。装身具や化粧品を身につけると心が躍るのです。絶対的な優越感が生じるのも抑えがたいのです。

私はできるだけ人前では品物を貰わないように気を配りましたが、二人の米兵はテントの周りに何十人いようが、一目散に私に近づいてきました。私は眉をひそめるのですが、装身具を手の平に置かれると、どうしようもなく気分がうきうきするのでした。

集落長は盛んに何かを食べる真似をしながら私の横から手を出しましたが、米兵は一瞥もしませんでした。何度も同じしぐさを繰り返したにもかかわらず完全に無視された集落長は腹いせからか、キツネ目をさらにつりあげ、もう来るなと怒鳴りつけました。

私が怒られていると勘違いしたのか、駆け寄ってきた門番老人に、集落長は「あんたのお姫さまはテント集落の人の和を割いている。鬼畜米英と字の人のどっちが大事なんだ。裏切り者だ」と捨て台詞を残し、荒々しく立ち去りました。

米兵は私以外にお菓子も何もくれないとわかった子供たちは「アメリカ人は臆病、アメリカ人は臆病」とはやしたてながら集落長の後を追いかけていきました。

子供たちは寝物語に「戦時中、米兵は一発の爆発音に蜘蛛の子を散らすように逃げ惑った」と大人たちから聞いていたのです。日本兵が一発撃ち込むと米兵は恐怖心から百発撃ったというのです。

なかなか寝つかれずじっとテントの中に横たわっている私の耳に、テント集落の周りをグルグルと逃げ惑うたくさんの人の嬌声が聞こえました。

4

灼熱の陽が広場の、剝出しになった上や岩を炙っています。テントの真っ黒い影が地面に貼りついています。

数日前二人の米兵に悪態をついた集落長が、今日は愛想笑いを浮かべ、お茶をごちそうしますからわしのテントにどうぞ、と片言の英語と招き入れるしぐさを繰り返し、誘いました。

しかし、米兵たちは、あなたの顔なんか見たくもないという表情を浮かべ、相手にしませんでした。

集落長は汗の噴き出た顔を歪め、機関銃のように文句を言い出しました。冷静さをすぐ失う性格は集落長に向いていないと私は感じました。

二人の米兵は集落長の顔を一顧だにしませんでしたが、連発される文句が耳障りだったのか、私に金の腕輪をプレゼントすると、ほどなく引き上げました。

集落長はテントの外から私に「食糧の詰まった箱を持って来るように言ってくれないか」と猫なで声を出しました。定期的な配給ではとても足りないというのです。「私は物乞いはしたくありません」と返事をしました。食料の調達や配分は集落長の職務なのです。「栄養失調で死んだら首飾りをしていても元も子もないよ」と集落長は今度は諭すように言いました。

もともと私は小食です。空腹はほとんど覚えませんでした。

集落長は声をひそめ「近くの字に食べ物や薪を売りにくる者がいる。わしがおまえの装身具と交換してこようか」と言いましたが、私は返事をしませんでした。

「娘を人身御供のように米兵に差し出そうとした母親をあんたはそれでも人間かと叱ってきたよ。すると娘が涙ながらに、どうしても装身具が欲しかったの。そのためには何でもするわよ。願いを叶えさせてと自分から強く母親に頼んだのよと言うんだ」

事実なのか、悪知恵の働く集落長の作り話なのか、よくわかりませんでした。どっちみちどうでもいいと思いました。

私は何も言わず、ただ門番老人が早く来るように願いました。

「おまえだけあんなに貰ったらテント集落に亀裂が入る。みんな毎日イライラしているのに、おまえは平気なのか」

集落長はついに怒り出し、大声を張り上げ、「おまえに配給は止める。餓死させてやる」と脅しました。

ようやく地ひびきをたてるように飛んできた門番老人が集落長の襟首をつかみ、文句があるならわしに言えと凄みました。

5

私は装身具と化粧品は誰にもあげたくないのです。薩摩芋と交換しようものなら私の美しさを崇めている二人の米兵の純粋な青い目が、恨めしそうな、裏切られたというような目が眼前に迫ってくるのです。

門番老人に釘を刺されたのにまだ懲りないのか集落長は翌朝、私に近づいてきました。これ以上おまえが装身具を独り占めしたらテント集落の住人が暴動を起こしかねないから、戦争前おまえの親友だった女に少し分けてくれというのです。

K子（彼女の名誉に係わりますから実名は出しません）は親友と言えるかどうかよくわかりませんが、唯一の友人でした。

暴動とK子がどう結びつくのでしょうか。しかし、私は何も聞きませんでした。

「どうかね？　たぶんK子は女の意地があるから自分からは絶対頼まないだろう」

装身具を売りさばいたらK子の整形手術の費用を捻出できると集落長は言うのです。

私はどうしても装身具と化粧品は自分の手元に置いておきたいのです。

整形手術という言葉は耳慣れないけど米軍の医療施設の話かしらと私は思いました。幼なじみのK子にだけは密かに装身具を幾つかあげたい気持ちがないわけではありませんが、皮膚の創傷の痕がもりあがった二目と見られぬK子の顔や首に耳飾りや首飾りをしたら余計醜さが際立ってしまうのではないでしょうか。K子はあのような顔につけた装身具を誰に見せるつもりでしょうか。自分だけが見るのでしょうか。何ともいえない気持ちになりました。

考えさせてくださいと集落長に言いました。集落長は約束したからなと念を押し、立ち去りました。

二人の米兵に私は身振り手振りと片言の英語を交え、顔にひどい戦傷のあるK子をアメリカの立派な病院に入院させ、手術をうけさせてくれるように頼みました。

この頃、アメリカはいろいろな技術が途方もなく進んでいると私たちは確信するようになっていました。

私の真意が伝わらないのか、米兵はK子に同情する様子もなく、笑みを浮かべ、首を横に振りました。米兵たちがこのように薄情だとは思いもしませんでした。

翌日の夕方、夕方と言っても熱も白光も弱まっていない六時頃でしたが、テントのロープに干した洗濯物をとりこんでいた私に、鉄条網の前に現れた二人の米兵が手招きました。

昨日今日と連日現れるのは異様です。しかし、吸い寄せられるように二人に近づきました。

私をじっと見つめていた背丈がわずかに低い方の米兵がふいに、あなたのためなら地獄におちてもいい、あなたをアメリカに連れていきたい、と言ったのです。片言の日本語が何かとんちんかんな感じでした。

私は恐れと胸の不思議な高鳴りを同時に感じました。足はほんの微かに震えただけでしたが、意識を失わないか、気がぬけませんでした。二人とも十何回と顔を合わせた米兵とは全く別人のような気がしました。

偶然なのか意図的なのか、バケツを持った覆面姿のK子が通りかかり、私たちを見ました。私はどうにかしてくれるよう彼女に合図を送りました。彼女は顔を斜めに上げ、足早に去りました。

私は無言のまま米兵たちに背中を向け、ふらつきながらテントに向かいました。

私は、今後二人の米兵が来たら徹底的に追い返すように門番老人に命じました。お願いするつもりでしたが、恐怖からか強い口調になってしまいました。

また彼らの前に絶対姿を見せないように自分自身にも言い聞かせました。

私の合図を無視したK子が次の日の朝、訪ねてきました。たまにチラッと目を合わせた時も口をきかず、すっと通りすぎるのに、何をしに来たのでしょうか。

6

二週間前に私は二人の米兵からもらった多彩な色のネッカチーフを彼女にあげようと差し出したのですが、彼女は、いい思いをしているね、と一言言い残し、足早に広場を去っていったのです。私はこの時、気が少し小さくなったのですが、しだいに鼻が高くなっていくのがわかりました。優越感を抱く自分を許せるようになっているようでした。

私とK子はテント集落の外れにある、所々に灌木の生えた岩場に行きました。紫色の覆面をしたK子の頭にくっついた、名前も知らない風媒花の綿帽子を私は静かに摘み、ふっと吹き飛ばしました。

食事、ちゃんと摂っている？　と私は聞きました、K子は時々、ハブ雑炊を食べていると細い声を出しました。ハブのように皮膚が再生しますようにと願いを込めながらトロトロ長時間煮込んでいるそうです。

覆面から覗いた、まぶたが潰れた目が笑いました。瞳には美しさの片鱗が残っていました。

「時々夜中、誰にも気づかれないように獲りに出かけているのよ」

「咬まれたら大変よ。猛毒だから」

「恐いものは何もないわ」

K子の目が不気味に笑いました。

「K子はとても恐がりだったのにね」

私はK子の目を見つめました。

K子は少女の頃に戻りたいと呟きました。少年たちにチヤホヤされている自分の姿がいつも幻のように浮かぶらしいのです。

あの頃のK子には少年たちがしょっちゅうくっついてきました。私の方が美しかったのですが、私には近寄りがたい冷たい、何かが常に漂っているようでした。

性格のせいか、遊女だった母のせいか、或いは美しすぎたせいでしょうか、私は同じ年頃の少年少女のみならず、字の大人たちからも敬遠されました。一人ぼっちの私に唯一K子だけが親しくしてくれました。

「お母さん、亡くなったんだってね」と私は聞きました。

「うち、顔だけをやられてしまったの」

避難中、一緒に歩いていた母親はたった米粒くらいの砲弾の破片が目の上に当たり、即死したが、K子は顔も髪も火だるまのように焼けたのに、生き残ったそうです。

K子の顔をもろに見た三、四歳の子供が火がついたように泣き出し、駆けつけた母親も子供を抱え、思わず逃げ出したと、K子は声を出し、笑いました。笑いとは思えないような、背筋がぞっとする声でした。

「人が泣くのも逃げだすのも無理はないのよ。うちも鏡を見たら吐き気がするし、気を失いかけるから」

米兵は私の性格や生い立ちや心の中をわかっても装身具を与えたでしょうか、とふと思いました。

「あなたは戦争を経て、さらに綺麗になったわ。前世で醜い人を救ったのね、きっと」

「……前世で醜い人を?」

「……」

「神様にお祈りしたら?」

私はとっさに言いました。

「顔を元通りにしてください。叶えてくださったら何でもさしあげますと祈ったわ。でも、叶えてくれないから憎悪になってしまったの」

「憎悪に？」

K子は、米兵の体に密生している、縮れた体毛にマッチの火をつけようとずっと考えているというのです。

「あなたはうちの顔をそっちのけにして、自分の耳や首を飾って、心が痛まないの」

K子は顔を焼かれた後、人が変わり、私も避けるようになっていました。しかし、完全に引き離したのは、二人の米兵だと唐突に思いました。

「うちの体は張りがあって、柔らかくて、とても綺麗よ。だから悔しいのよ」

K子はこのまま年をとり、髪をかきむしりながら一人淋しく死んでしまうのでしょうか。私はぼんやり思いました。

私の耳にはK子の声は鮮明に聞こえるのですが、なぜかよく理解できませんでした。

「うちをこのような顔で生き残らせた理由は何かしらね。神様は知っているかしら。うちをこの世で苦しめるため？」

私は首を振り、神様を悪者にしたらいけないわと言いました。K子の目が私を睨みました。

「あまり綺麗だと罰が当たるよ」

「……」

「米兵たちはうちに絶対近づいてこないわ。自分たちがこんな顔にしたのも忘れて」

私はうなずきました。

「あなた、うちの顔、見たい？」

K子は妙に自信たっぷりに言いました。私は視線を逸らし、うつむきました。

「前頭部も焼け爛れているけど、皮膚を移植したら黒髪もはえてくるそうよ」

皮膚の移植……米軍からの情報でしょうか。私は黙っていました。

「米兵に顔を見せて、整形手術のお金を要求しようとずっと思っているけど、どうしても覆面をはずせないの」

「……」

「あなたが簡単に貰った装身具を売れば整形ができるのよ。美しい女は醜い顔をなおしてあげるべきじゃないかしら？」

私は息苦しくなりました。

整形手術をする所が米軍やアメリカの医療施設なら米軍の援助を受けられないかしら？私だけの僭越な考えかしら？

門番老人がゆっくりと近づいてきました。

「でも戦争にも敗けて、その上、醜い顔を敵に曝け出すなんて、とても辛いのよ」

K子は門番老人と反対の方向に歩き出しました。

7

ある朝、少し耄碌した目の大きい老女が、うちの嫁があんたの女主人の宝物を盗ろうとしている、と門番老人に告げました。門番老人は老女の言葉を怪しみ、腰を上げませんでした。老女を追いかけてきた、顎も首も細い嫁が老女を叱りつけ、荒々しく手を引っ張っていきました。

テント集落は段になった九本の鉄条網に取り囲まれています。外からの侵入を防ぐためとばかり思っていましたが、よく考えてみますと、私が装身具や化粧品を抱え、逃げ去るのを防いでいるのです。

夜中、私のテントの周りを密かに歩き回る足音が聞こえるようになりました。一人の足音のようにも数人の足音のようにも思えました。顔を見せると襲われそうな気がし、一度もテントを開けませんでした。

足音は毎晩のように聞こえました。

「遊女の子だから、米兵をたぶらかすのがうまいんだよ」「遊女って子供生まないんじゃないの」「生まないんじゃなくて、生めなくなるのよ」「ほんとに遊女の子かね。

もらい子じゃないかね」

私に聞こえよがしにしゃべっている女の人たちの声がずっと遠くから流れてきたり、耳の奥から聞こえたりしました。

最近とみに洗顔している時も横になっている時も誰かに見られているような、告げ口されているような気がするのです。

8

門番老人が丘の下の井戸から汲んできた水をテントの中に運びこみました。私の体は鉛を乗せられたようにだるくなっていましたが、懸命に力を込め、何日かぶりに髪や体を洗いました。

痩せ細り、顔色が驚くほど青白くなり、対照的に身につけた装身具が輝きと存在感を増していきます。

子供の頃から病弱でした。体育の授業は毎回ソウシジュの木陰から見学しました。戦場を逃げ惑っていた時はゆとりがなく、体が不調なのか好調なのか気づきませんでしたが、テント集落に入ったころから少しずつ体力が落ちていたのです。

とうとう食事も喉を通らなくなりました。

もう助からないと門番老人は考えているようでした。いつもの鋭い眼光はかげをひそめ、目元が赤らんでいますが、涙はこぼれません。私が死んだら殉死する、私がいつ死んでも悔いはないというふうに超然としていました。簡易ベッドの脇に座っている門番老人の手をとり、仕えてくれた礼を言いました。

私のテントの出入口に集まり、顔を見合わせ、囁き合っている人たちを門番老人が追い払いました。

あの二人の米兵は私をどうにかしてくれるかしら?と一瞬思いましたが、私が門番老人に、追い返すように命じた後は現れなくなっていました。

なぜ急に弱ってしまったのでしょうか。しかし、若く美しいまま天国に行くのも悪くはないと思いました。今が美の絶頂です。これからは日増しに醜くなっていくのです。

翌日、簡易ベッドの枕元に門番老人を呼び、自分でも理由がよくわからないまま、私が死んだら全ての装身具、化粧品を一緒に埋葬するようにと頼みました。

門番老人に出ていってもらった後、最後の力を振り絞り、丹念に化粧をし、首や耳、腕、胸元、腰などいたるところに光り輝く装身具をまといました。

門番老人は頻繁に私のテントを覗きましたが、何をする術もなく、何も言いませんでした。

テントの出入り口のカバーを下ろしました。すると広場も岩も星も遮断され、私は狭い空間にやさしく包まれました。様々な音は無念さを訴えているかのように聞こえ、出てこい出てこいといいたげにカバーは揺れました。

錯覚でした。風はほとんど吹いていないのです。戦時中、人々は暗闇に安心を見いだしたのではないでしょうか。無残な死体も、焼け爛れた砲弾の破片も遮断する暗闇は人々の心を救ったはずです。

夢うつつの中、亡くなった同級生の少女を探しました。真っ先に同級生があの世から迎えに来ると誰かが言っていました。

迎えに来る人は一体誰でしょうか？　ほとんどの同級生が戦死しました。一人一人の顔が浮かびます。複数の、無数の同年生が私を誘おうとしているようにも思えます。一人の少女が私に近づいてきます。顔がわかりません。鳥肌が立ちました。

9

私が死んだのは八月中旬のまだ夜が明けきらない時分でした。体は間違いなく衰弱していましたが、病死ではありません。

ガソリンタンクに手を加えた水溜めには水がいっぱい入っていました。後ろから頭を押さえつけられ、顔をつっこまれました。力がまったく入りませんでした。少しもがかず、振り向きもしませんでした。

押さえていた手は長く、均整の取れた二人の男のようでもありましたし、細い指の若い女のようでもありました。いいえ、後ろには誰もいなかったのかもしれません。

私の美しさは自分でも恐くなるほどでした。自惚れるつもりはありません。自惚れられるようでしたらまだ気は楽です。今以上には絶対に美しくなれないと考える日が何日も続いていました。顔の皮膚がこわばるような息苦しさに耐えかねていました。

指を肌に押しつけるだけでも微妙に歪みはしないか、ただ歩くだけでも肌の色が落ちはしないか、気が気でなかったのです。

門番老人は私の体が骨になったら掘り起こし、テント集落から十数キロ北にある、私の母方の墓に納骨しなおそうと考えているようでした。

私に寄り添う門番老人の考えや行動は手にとるようにわかりました。門番老人の何かが生死を超え、感応しているのでしょう。

いつ入ってきたのか、門番老人は配給品の毛布をすっぽり私にかけ、スコップを手にこっそりとテント集落を抜け出しました。

テント集落が寝静まり、星も月も隠れた夜中、門番老人は全身装身具に包まれた私の死骸を軽々と担ぎ、体に装いきれない装身具と化粧品を詰めた袋を左の腰に下げ、どこかをめざしました。

右の腰には刃の鋭い草刈り鎌を差していました。しだいに途中出会ったものは誰だろうと叩き切るという凄い形相に変わりました。

門番老人は草や木の枝をかき分け、闇の中を少しも迷わず、どんどん進みました。闇夜ですが、私には風景が見えました。曲がりくねった道は亜熱帯の木々に覆われ、ジメジメしていました。土は変に赤黒く、風もよどみ、異臭が漂っていました。道に干涸びた魚の死骸が散らばっていました。道ではなく川底だったのです。

溝に残ったわずかな水に、魚が体内から吐き出したような奇妙な脂が浮いていました。

テント集落から二キロほど離れたこの谷間に、門番老人は私が「死んでいる」間、横たわった私が足を伸ばしたまま入るくらいの穴を掘っていたのです。門番老人は呼吸を整えずすぐ穴の底に私を横たえ、土をかけました。しばらく盛り上がった土をじっと見ていましたが、腰の力が抜けたように座り込みました。そして、ようやく気を取り直したように合掌しました。

テント集落の風景もよく見えました。翌朝、私の様子を窺いにきた女が、いない、一切の装身具もないと集落長に報告し、集落長は、どこに連れていったのか、死にそうだったが生きているのかと門番老人を追及しましたが、門番老人は静かに首を横に振り、後は身動き一つしませんでした。

昼食後、門番老人は私の母方の墓の清掃に出かけました。

私が死んだという噂がテント集落に流れました。人々は、装身具は故人の物だから手をつけてはいけないよ、ちゃんと棺桶に収めなさいよ、などと囁き合いました。

女の人は私の亡骸ではなく、私の装身具を私のテントの内外を掘り必死に探したが見つかりませんでした。

ある女の人たちは北の端のテントにいる千里眼の、長い髪の老女に伺いをたてました。だが、どのようにでもとれる曖昧な答えしか得られませんでした。

10

今思うと、火葬にして欲しかった……あっという間に細かい骨か灰になりたかった……。

誰がこんなに早く私が横たわっている穴を暴いたのでしょうか。何もかもよく見えているのに、この肝心な一点が三十二年間、私には見えないのです。闇夜の中、埋葬に向かう門番老人の後をひそかにつけてきた者がいたのでしょうか。暗闇でも鼻の利く犬のような人間が嗅ぎつけたのでしょうか。

耳や首や胸元から荒々しく装身具をはぎ取ったのでしょうか、少し痛みが残っています。犯人は一人か複数かわかりませんが、門番老人が私を取り囲むように埋めた装身具も一つ残らず消えていました。

門番老人は私の死体が昼夜晒されているのに、私の母方の墓に行ったままなかなか帰ってきませんでした。破壊された墓の修復は材料も少なく、手間取ったのです。

装身具と化粧品はテントの中に残しておくべきでした。そうしたなら、私は掘り起こされずに済んだはずですから。

11

十数日後、私の先祖の墓から戻ってきた門番老人は野犬に荒々しく掘り起こされたかのような穴の縁に茫然と立ち尽くしました。ほどなく広い肩をふるわせ、号泣しました。激怒し、大小の土の塊を投げつけ、草をむしり木の枝を折りました。テント集落に戻り、何時間もガスボンベの鐘を打ちならしました。人々はうるさがったが、文句を言う者は誰一人いませんでした。

次の日の朝早く、門番老人は谷間の穴から出したひどく腐敗が進んだ私を大きな麻袋に入れ、担いだり、抱き抱えたりしながら十数キロ歩き続け、ようやく夕暮時、私の母方の墓に改葬しました。

永久に天上に昇る三十三回忌の今年。字城間は妙な闇におおわれています。所々に外灯が立っていますが、電球が切れていたり、盗まれたりしていました。ほとんどの家を囲っている大きい防風林は、昼間の何倍も鬱蒼としています。

方々に小さい明りがポツンポツンとともっています。暗い坂の上にある家の火は宙に浮いているように見えます。私は明かりに誘われるように近づきました。好奇心と夜の冷気が体にまとわりつき、少しも疲れませんでした。

門から玄関にかけ、石灰や塩を撒くと亡くなった人の足跡が残るとか、亡くなった人が通る瞬間に火が消えるとか、犬や赤ん坊がいっせいに泣きだすとか、このような噂話は昔生きていた頃の私に時間を忘れさせました。

K子の家の前の道にも庭にも何も撒かれていませんが、妙に白っぽくなっていました。

私の足跡はついたかどうか定かではありませんが、門にいた犬が私に吠えました。

私の死体に触れたものを呪う気持ちはようやく消えました。

すると急に視界が開けました。永久に「死んでしまう」直前の神の思し召しでしょうか。

身につけていたものをすっかり掠奪され生まれたままの姿になっている私を見下ろす女の人が見えました。

満月の夜でしたが軍隊用の強い光線の懐中電灯を持っていました。K子でした。覆面を外していました。私にはもう何もないのは彼女も承知していたはずです。何を探しているのか、私には全くわかりませんでした。とてもしつこく私の顔を照らし見るのでした。

私の肉が溶け白骨が覗いた、私自身でさえおぞましく気絶してしまいそうな顔を、この世の物とも思えない私の顔を、薄笑いをしながらじっと見ているのです。うちわを軽く握り、小さい庭に面した縁側に座っています。K子の顔は整形手術をしていません。平気のようです。なめらかな手にはまだ若さのあとかたがあります。あの人が死んだから、私の人生は……とため息をつきながらK子は初老期を迎えようとしているようです。

私の気配を感じたのでしょうか。私の名前を口にしながらK子が泣き出しました。

私は本当に久しぶりにK子に呼ばれています。

尚郭威

青い月が西の望楼の上に浮かんでいる。瓦屋根の稜線が妙にくっきりと映える。昔、琉球王朝二代目の王・察度《さっと》（在位一三五〇年〜九五年）がこの中山・首里に築いた城壁も百年の風雨に晒され、日の光に焼かれ、今、薄い月の光の膜が覆い、艶やかな光沢がにじんでいる。尚郭威《しょうかくい》の白朝（白い芭蕉布の喪服）も渦巻状に結った頭の小さなまげにさした金花金茎の簪も月の光をふくんでいる。城内の石垣に囲まれた石畳道をひそかに歩く尚郭威と老侍女の影も落ちず、ただ草履のかすかな音が石の肌にしみこむ。滑らかな月の光が敷石を濡らし、自分たちの草履の音とは違う足音が聞こえ、足が滑りそうな予感が尚郭威の心にひろがる。夜の虫が鳴いている。石と石の間は一寸の隙間もなく、城内には赤木や琉球松などの大木しかない。高い城壁の外側のずっと下方の草の茂みから這いあがっている声か、と尚郭威は思う。この艶かしい月の夜、兄嫁とはいえ女の居室に行く今、胸中を走る予兆におののき、後からついてくる痩せた、小柄な老侍女の足にさえ遅れるような気がする。病妻には黙っておくようにと老侍女に強く言いわたした。兄君のお悔みを申しにまいられるのです。奥様も同行なされるのが本筋ではありますまいか、と老侍女はききわけがなく、尚郭威はどのように宥め、すかしたか、覚えがなかった。傷つきやすい、繊細な妻の性格を尚郭威は知っている。下級士族出身の妻は国王の弟というこの世の最高位に昇りつめた夫・尚郭威を幾重にもとりかこむ高級士族や按司出身の内室（女房）、姫（娘）たちにこの幾年間終日おそれふるえた。妻と一緒に輿入れしてきた老侍女は尚郭威よりも妻の内心に深く触れていた。

正殿の裏をとおり、井戸の脇から王妃・幽成周の居室に向かった。老侍女が尚郭威の先にたった。老侍女が羽織っている芭蕉布の白いうちかけも薄青く染まっている。警備の兵士が二人に六尺棒を突きつけた。

「何者」

「お声を小さくなさい。尚郭威様です。佐敷御殿《さしちうどん》（幽成周）にお悔みを申しにまいりました」

衛兵は目をこらし、月の淡い光を浴びた四十七歳だが、凛々しい尚郭威の顔をみとめ、無礼に身をちぢめ、深々と頭をさげた。

「内緒になさいませよ」

老侍女は静かに云った。だが、細長の目は鋭かった。

二人は長い廊下を静かに曲がり、幽成周の居室の前に出た。端正に座っている若い待女はすぐ、九日前、成化十二年(一四七七年)七月初旬に逝去した琉球国王・尚申(享年六十歳)の弟君・尚郭威に両手をつき、頭をさげた。

「佐敷御殿は何日も居室から出てまいりません。中庭の戸もしめきったままです」

老待女が進み出、おめどおりを請うた。若い待女が居室に入り、まもなく、出てきた。

「お帰りくださいと申されております」

障子戸の向こう側にぼんやりと蝋燭の明かりが燈っているが人影は見えない。

「尚郭威様は昼間の行務の疲れを癒す心静かなひとときを割き、このようにまいったのでございます」

老侍女が障子戸に身を寄せ、云った。「お言葉の一言もかけずに、また、御身のお顔を一目も見ずに暗い夜の中を帰られよ、と云われるのは酷ではございませぬか」

「佐敷御殿には尚申様が生きていらっしゃるのです」と年若い待女が云った。

「妻の当然のつとめじゃ」

老待女は若い待女を強くみつめ、また障子戸に向かった。「国王の弟君がこのように冷ややかな板床に座っておられるのです。ご無礼ではございませぬか」

老待女のうむを言わせぬような語調はいつもとなにか違う、と尚郭威は感じた。

「庭の戸もしめきられているようだが、月夜の庭をなぜご覧にならない」と尚郭威が云った。

「……庭には何もございません」

声が聞こえた。幽成周の声も何かが微妙に違う。

「今夜の月は青い。この世の月のようではない。月の光も入れ、わしも招き入れて欲しい」

幽成周も若い待女も老待女も黙った。

「城下の広厳寺も普門寺も天龍寺も月の光を浴びている。仏が現われそうな夜だ」

「……亡くなられた方に現われて欲しくはありません」

幽成周が云った。身動きしたような気配を尚郭威は感じた。

「幽成周殿が世子も目に入らず自分一人の殻に閉じこもるのは兄上も喜びますまい」

「私は尚申の死を嘆き悲しんでいるのではありません。とりかえしのつかない日々を悔いているのです」

「……そなたはまだ花も実もある身。顔容も色香も衰えの兆しさえござらん。世に聞こえた唐の貴妃も三十六の齢の時に死んだが、容姿は微塵も変わらなかった。そなたには後十年も残されている」

「今のお言葉を信じていいのですね」

幽成周の声が妙にはっきりと尚郭威の耳に入った。

「私の顔は涙で汚れています。あなた様にお見せできません。明日、私があなた様の政《まつりごと》のお時間をみはからい、御殿に参上つかまつりたいと存じます」

尚郭威の胸に激しい動悸が生じた。

「明晩も月が出たらいいですね」

幽成周の声が童女のような妙にたわいのない抑揚に変わった。「暗い夜道は足元がおぼつかないですから。でも、私は暗闇も平気ですよ」

尚郭威は老侍女を見た。老侍女は尚郭威の目の色を読んだ。

「尚郭威様は一言お悔みを申しあげ、おいとまなさるのです。なぜ喪に服している御身が御殿に出向く必要がございましょう」

「そなたは、若い女身の心をお忘れになられたのでしょうか」

幽成周の声は毅然としている。しかし、どこか夢見心地のような声だった。「……西の望楼に登ると、月が見えるのですね。芋畑の上にも、松や赤木の上にも、谷にも、谷の水にも満遍なく静かな、透き通るような光が降り注ぐのですね」

春三月の海辺にうららかな、柔らかい陽が降りそそぎ、海面は小波さえなく、どこまでも澄み、何色もの海水の色が驚くほどはっきりしていた。

尚郭威は二十年ほど前の青年時代、妻や、兄・尚申、臣下たちと首里から東に一里ばかりくだった与那原の海岸に物見遊山にいった。名門翁家の一人娘の幽成周姫も、菓子や餅などをつめた重箱を抱えた侍女たちを引きつれ、後をついてきた。潮はものを清めるというが、海水に浸した幽成周姫の足はすらりと伸び、おどろくほど白く、清める何もこの小さな姫にはない、と尚郭威は思った。侍女たちに囲まれ、砂や貝殻と戯れていた幽成周姫をいきなり尚申が抱きかかえた。幽成周姫はひどく嫌がった。尚申は高笑いしながら足早に歩いた。幽成周姫は歪めた顔を必死に背けながら尚申の顔や胸を強く押した。いささか不機嫌になったのか、尚申は荒々しく幽成周姫をおろした。幽成周姫は砂に足をもぐらせ、水溜まりの水をはねながら、尚郭威に向かい走った。幽成周姫の侍女が後を追った。幽成周姫は尚郭威の腕にしがみついた。侍女は変に遠慮し、近づかなかった。あの時、幽成周姫はまだ五、六歳にしかならず、大人の男の魅力も、恋心というものもわかろうはずもなかったのだが、どういうわけか、何人もいた男たちには目もくれず、尚郭威の袖をはなさなかったり、尚郭威に手を握られようとしたりし、また、頻繁に尚郭威を見あげ、無邪気な、しかし変に色っぽい笑みを満面にたたえた。幽成周姫は尚郭威の手をひっぱり、石に囲まれた砂地を掘った。しきりに掘るのだが、手は小さく、なかなか穴にならなかった。尚郭威はしゃがみ、一緒に掘った。出てきた蟹が右往左往した。幽成周姫は必死に捕まえようとした。小さな、白い指が蟹のかなり大きな鋏に切り落とされそうな予感がし、尚郭威は蟹の甲羅を強くつかんだ。蟹の鋏はしきりにもがいた。潮招き蟹といわれているこの蟹は片方の鋏が大きく、左右に動かす仕草が潮や雌を招いているように見えた。幽成周姫は無邪気に騒いだ。白い歯が柔らかい春の陽光をふくみ、この姫はまもなく美しい女になる、と尚郭威はふと思った。いつのまにか、幽成周姫の侍女も誰もまわりからいなくなり、幼い綺麗な幽成周姫と自分だけが波うちぎわに座っている、のが尚郭威は不思議な気がした。遠くの乾いた砂地に生えたあだんの木陰に尚郭威の妻が立っていた。

尚郭威は朝の政務が一段落つき、庭に下り立った。老侍女が諸官の目を避けるように近づいてきた。尚郭威は何も言わずに琉球松の木陰に歩んだ。屋敷には妻も居るし、幽成周も尚申の弔いの礼を型通りに述べ、早々に帰るだろう。尚郭威は小さく首をふり、生来の心配症を払拭した。

「何事だ」

尚郭威は、琉球松の陽に鈍く光る針のような枝を見上げ、聞いた。

「妾《わたし》は、佐敷御殿があなた様の御殿を今晩訪ねられるという理由が、どうしてもわかりませぬ」

「幽成周は兄の嫁。義弟のわしの御殿を訪ね来るのも不思議ではなかろう」

尚郭威は老侍女を見なかった。

「佐敷御殿は尚申様のご存命の昔からあなた様に心を寄せておられた。神経が細やかな奥様が長年何も感じなかったはずはありませぬ」

「わしはやましくない」

「あなた様が夜、夫を亡くしたばかりの女人を御殿に招いたとなると、奥様のお心はどのように乱れますか」

熊蝉の声が四方八方から聞こえる。赤木や栴檀の幹から水分が乾き、泣き喚いているように聞こえる。

「今日の昼、あなた様が佐敷御殿の居室をお訪ねください。御供いたしまする」

「わしはただ弔慰に行っただけだ」

「お悔みは通夜の時に申しあげるべきでした」

「八重山島に赴任中だったではないか」

「あなた様があの時、首里に不在だったという事実はいずれは忘れ去られるものです」

「……」

「佐敷御殿が奥様に優しい言葉をかけられるとは思えませぬ。失礼ながら奥様は下級士族のご出身。佐敷御殿は尚申様が糟糠の妻を離縁して迎えた名門の子女。お年も二回りも若いお方」

尚郭威は足元に目をおとした。松葉の黒い影が白い砂利の地面に刻まれている。

「あなた様は昨晩お悔みを申しあげ、ご用をすまされた。今日の昼、佐敷御殿を訪ねられるいわれは何もございませぬ」

尚郭威は体をささえるかのように琉球松の幹に触れた。

「あなた様は佐敷御殿が夜、お屋敷を訪ねてこられぬようくぎを刺しにいかれるのです」

「……」

「佐敷御殿には次の国王になられるであろう申生様がおいでですが、奥様には男のお子様はいらっしゃいません」

「……八つ半（昼三時）に参ろう」

中庭の赤木の広葉を掠めた南風《はえ》が長い廊下を吹きぬけ、尚郭威の朝帕装束《ちょうはちまちすがい》のたもとから胸に入りこんだ。滑るくらいに磨かれた黒っぽい床板は小さな冷気がしみ込んでいた。尚郭威は床板に触れている手を動かさなかった。

昨夜の若い侍女は「佐敷御殿はお出かけでございます」とくりかえした。

「出かけ先を、侍女のあなたが知らないというのはおかしいではござらぬか」

尚郭威の老侍女が云った。

「存じません」

「いつ帰られる」

「何度も申し上げますように、存じません」

「障子戸の中で待たせてもらうわけにはいかぬか」

「房室にはどなたも入れてはならないと強く仰せつかっています」

尚郭威は立ちあがった。老侍女が座ったまま尚郭威を見あげた。

「出なおすわけにはまいりませぬ。尚郭威様には政務がございます」

尚郭威は歩きだした。迷うと、この老侍女に言い含められそうな予感がした。城郭からも石畳道からも水気が消え、細かいひび割れが生じているように尚郭威は錯覚した。一匹の蜻蛉が影になった石垣にへばりついている。尚郭威は何気なく蜻蛉に近づいた。蜻蛉は身動きしなかった。

老侍女は立ちあがり、若い侍女を見下ろした。

「では、今晩、昨晩と同じ時刻に尚郭威様がこの居室を訪れる旨、佐敷御殿にお伝えなされ。尚郭威様の御殿に参られても尚郭威様は不在じゃ。しかと伝えないとそなたの重大な責任にかかわってきますぞ」

老侍女はしばらくにらむように若い侍女を見つめた。

青い月光が幽成周の居室の庭に落ち、長い廊下にのび、よく磨かれた床板の木目が浮かびあがっている。床の上にじっと座っている幽成周の姿が見えたような気がし、廊下を歩いているこの足音が居室の奥の幽成周の耳にははっきりと聞こえている、とふと尚郭威は思った。

昼間の侍女は丁寧に尚郭威に頭をさげ、障子戸を引き開けた。尚郭威は少し中をうかがい、入った。若い侍女は障子戸をしめた。

幽成周は小さく頭をさげ、ゆっくりと顔をあげた。幽成周の顔は月の光に染まっている、と尚郭威は錯覚した。潤んだような目、病みあがりのような白い頬、細目の形のよい、しかし、弱々しい唇。国王妃の象徴、鳳頭金簪をさした豊かな黒髪は光り、着ている萌黄色の上布絣も鮮やかなのに、なぜこうも静謐なのだろう。幽成周は尚郭威に軽くうなずき、立ちあがり、障子戸をあけずに、尚郭威様の御供の方を西の欄干にご案内するように、と侍女に云った。

若い侍女が立ち上がった。老侍女は動かなかった。

「尚郭威様以外のどなたが妾に命令しているのでしょう」

「……一言おっしゃってくださいませ」

障子戸の奥から幽成周の声がはっきりと老侍女の耳に入った。まもなく、「はずしなさい」という尚郭威の声が聞こえた。

「……お悔みを申しあげる」

尚郭威は頭をさげた。

「おなつかしゅうございます」

幽成周の白い歯が薄紅色の唇からのぞいた。

「妻は病いがちの身、せっかく幽成周殿が訪ねてこられても何のもてなしもできない。

だから、わしが参った」

「私も何もおもてなしはできません。ですけど、心から尚郭威様のご訪問を喜んでおります」

道すがら、老侍女が云ったように尚郭威は尚申の思い出などを話し、早々に座を立とうと考えた。

「尚申とわしは農民だった父母を同時に失った」

「……」

「生まれ故郷の伊是名《いぜな》島を農民に追われ、ようやく辿り着いた国頭の宜名真《ぎなま》も追われた」

「尚申は亡くなった人、思い出してはならない人」

甘ったるい、妙な抑揚のある声だった。幽成周は立ち上がり、奥の、小さい中庭に面した障子戸をあけた。

「綺麗な月夜ですよ」

庭の角の北殿に通じる入り口に衛兵の影が見えた。

「夜風は身にしみる」

幽成周が振り返り、尚郭威を見た。

「このような晩には人の世が恐ろしく、眠れません」

幽成周の居室に向かう途中、老侍女がわしに何と云ったか。今晩かぎりです。二度と会う約束をしてはなりません。ゆめゆめ迷いますな。

「長い人生の中、何度か人は迷うもの。近しき人を亡くした時に迷わない者はいますまい……わしは昼間残した執務をかたづけねばならない」

尚郭威は姿勢をただした。幽成周は尚郭威の傍らに寄り、座った。

「私のために尚郭威様はお務めが手につかなかったのでしょうか」

尚郭威はどのように答えていいのかわからない。

「私はただ、尚郭威様のお顔を一目見、お声を一言聞きたいだけでございます。他意はございません」

小さめの綺麗な唇からこのような強い意志が現われ出るのが嘘のような気がした。

「尚郭威様以外、私には……」、

「会うわけにはいかない」

思わず強い声を出し、尚郭威は驚いた。幽成周は顔をふせるようにうつむいた。尚郭威は気がとがめ、幽成周の顔をこころもちのぞきこんだ。ふいに幽成周が顔をあげた。

「今日のような月夜の晩には会ってくださいどうか、この願いだけは……」

「……」

「月夜というのはざらにあるものではありません」

幽成周は尚郭威に寄った。尚郭威はまた姿勢をただした。幽成周は尚郭威の膝に触れた。尚郭威は立ちあがった。

「おいとまする」

背後から幽成周の衣擦れの音が聞こえた。尚郭威は障子戸を開け、一礼した。幽成周は端座し、尚郭威を見あげた。潤い、しかし妙に輝く目だった。

「月夜の晩にはどうかお一人でお越しくださいさい。私も侍女を退けておきます」

はっきりした声だった。齢五十もまじかなのにこのような小心は何事だ。内心を見透かされないように、小さくうなずいた。二十歳も年下の一人の女に不様な姿を見せなかったたか。長い廊下を歩きながら、尚郭威は自分を叱った。


翌日の夜も月が出た。昨夜、幽成周の居室から見た月よりいささか小さいが、月明かりは強く、尚郭威の影が庭の敷石に落ちている。月の光を見ると胸がしめつけられるのだが、尚郭威は居室の庭からさまようように石垣の外に出た。追いかけてきた老侍女が息を乱しながら、尚郭威を宥めた。尚郭戒は石畳道を歩き続けた。

「尚郭威様は国王の弟君という最高位にのぼりつめた後も、手をあわせ苦況に耐えてきた奥様を一時もないがしろにはなさいませんでした。妾は心ひそかに尊敬申し上げておりました」

「わしは昔とかわらない」

「このような美しい月の夜、何のいわれもなく出かけられるというのは、女心に無用の心配をかけられまする」

「月を見に行くだけだ」

「では、妾が御供いたしまする」

「わしは人間の容を見たくないし、声を聞きたくない」

「あなた様は……」

「何も云うな」と強く云った。「すぐ戻る。ここから引き返しなさい」

「では、半刻ほど御殿でお待ちいたしまする」

尚郭威は坂を登った。道脇の赤木の大木の枝葉が風に揺れる気配はないが、ひんやりとした空気が漂っている。妻に何をうちあける。「わしは幽成周にお悔みを云いに行った」か、「幽成周がわしに会いたいと云っている」か。石畳道を歩き疲れた。西の望楼にさしかかった。衛兵を退け、登った。月のせいか、昔から見慣れたこの城下の風景が違うような気がする。ただ、尚申が創建した龍福寺が遠くの月の陰りの中に浮かんでいる。長い間たたずんだ。ふいに、尚郭威の足が震えた。国王になれば、兄の面影を払拭できる。

二日目の晩。仄かに白く盛り上がった入道雲の容もわかる。だが、月が出ている。一晩中でもこの石畳道を歩く気なのだが、歩けば歩くほど、つまりは自分の住まいの入り口に戻ってしまう、と尚郭威は感じた。西の端の望楼が屋敷からいちばん遠かった。

三日目。夕暮時から出た月の光は真夜中にも消えずに、庭の砂にも立木にも門にも石畳道にも石壁にも正殿の高い屋根にも望楼にも降り注いでいる。望楼から帰ってきた尚郭威は寝室の妻を起こさぬように静かに障子戸をあけ、床に座り、深く息をついた。昨晩、一昨晩と同じように隣の寝室からは妻の声も物音もせず、明かりも漏れていなかった。ここ三日毎晩、尚郭威を迎えた老侍女は、佐敷御殿は姿を見せなかった、と云った。幽成周も聡明な翁家の出身、あの時は一夜の気の迷いと悟ったのだろう、と尚郭威は自分にいいきかせた。明晩からは月が出ようが出まいが、御殿を留守にする理由はあるまい。

だが、四日目の月に誘われるかのように、尚郭威は御殿を出た。望楼の衛兵を呼びとめた。無性に何か言いたかった。

「世は平穏だな」

「まことでございます」

若い兵士は前国王の弟・尚郭威から声をかけられ、体がこわばった。

「そなたは、刀や六尺棒を持っているが、何か不安があるのかね」

「いいえ、ございません。しかし……」

「何だね」

「……」

「何だね」

「次の国王様が一日も早く現われて欲しいと考えます」

「何故だね」

「国王様がいないと人の心はおさまりません」

「……交替は何時だね」

「漏刻門の鐘が六つ鳴る時であります」

「ごくろう」

尚郭威は望楼に登らず、屋敷に向かい石畳の坂道を降りた。尚申が残した壮大な寺は立派に残り、ますます色艶を増しているのに、尚申が民心に残したものは日に日に色あせているのか。

朝の政務を終わり、尚郭威は書院を出た。三叉路にさしかかり、二人の近習方と別れ、石畳道を屋敷の方角に歩いた。草履の音が聞こえたような気がした。尚郭威は耳をすませた。蝉の声しか聞こえない。また、歩きかけ、目がくぎづけになった。石垣の角に日傘をさした、見覚えのある女が立っていた。幽成周の侍女は丁寧にお辞儀をし、人目を避けるように尚郭威を石垣の陰に導き、手筒を渡した。

「佐敷御殿から直接お渡しするように云われました」

尚郭威は平然を装った。

「ごくろう」

待女は立ち去ろうとしない。

「一言でもみことばをちょうだいしなさい、とおおせつかりました」

尚郭威はまわりを見回した。昼下がりの路地には誰もいない。尚郭威は足早に十歩ばかり待女から離れ、手筒をひろげた。丁寧におりたたまれた上質の和紙に細かい、しかし達筆の文字が連なっている。

何日も月夜が続いております。月夜には私を訪ねてくださるお約束でした。もしかすると、深夜に参られるのではないかと察し、この何日間一睡もせずに明け方をむかえました。十年も昔尚郭威様につれられ、広い庭を歩いた月の晩を思い出しました。ほとんど黙ったままただ歩いただけの夜でしたが、本当に二、三日前の出来事のように鮮やかに思い出したのです。

私の三十年間の幸福な思い出です。だけど、しょっちゅう、尚申が現われ、ずたずたに切られ、きれしか残らないのです。尚申に切られた幾百幾千のこのきれをもとどおりにつなぎあわさなければ、私は生きてはいけません。今生きている時のこの心のうつろを埋めると、過ぎ去った昔のうつろも埋まるにちがいありません。尚郭威様の優しい目に触れると、温かいお言葉をいただけると、私は救われます。どうか一言、せめて、一目……私を救われるとお思いになって……。

二度読み返し、尚郭威は侍女の方に戻った。石畳道に鈍く光る陽に目がくらんだ。

二人はしばらく目をみあわせた。

「……わしが訪ねたい、と申して欲しい」

「いつでございましょうか」

「今、すぐだ」

「佐敷御殿にも都合がございます。につてつ(昼二時)では、いかがでしょうか」

につてつ(昼二時)までにはしばしあるが、下午(午後)の行務に手をつけると中途半端になる。屋敷に帰り、湯を使おう。蝉の声が妙にうるさい。

尚郭威は正殿に戻り、廊下の角に老侍女を呼んだ。

「下午(午後)からの政務は急用のため、欠席すると三司官殿に伝えてくれ」

老侍女はうわめづかいに尚郭威を見た。尚郭威は顔の向きを変えた。

「あの晩、あなた様のお声はまちがいなく佐敷御殿に届きました。お悔やみのお心も通じました」

「私事ではない。政事だ」

「あなた様は三司官にも匹敵するお身分。政事ならば、佐敷御殿を正殿にお呼びつけくださいませ」

「伝えなさい」

尚郭威は廊下を曲がり、前庭に降りた。老侍女も追ってきた。

「夫君を亡くされた女人の居室に、たとい義理の弟君とはいえ、侍女もつけずにまいられるのですか」

「……」

「あなたがたはただのお人ではございませぬ。行状が国家を左右するのです」

「やましくはない」

「人の風聞というものは、真実とは縁遠いもの」

「すぐに戻ってくる」

「たとえ、小鳥が餌をついばむぐらいの時でも、佐敷御殿を訪ねられる時は、昼間、しかも侍女がいる時に、また、あなた様も侍女をひきつれなければなりませぬ」

しだいに、尚郭威の足は早くなり、老侍女は息をきらし、遅れだした。


約束の時に尚郭威は幽成周の居室の前に現われた。手筒を渡した若い侍女が深々と頭をさげ、ゆっくりと顔をあげ、云った。

「歴代の国王様は王妃（正妻）のほかに、夫人、妻を召し抱えたもの。尚郭威様はなぜお気持ちを広くおもちにならないのでしょうか」

「……そなたの考えか」

「いえ、ええ、左様にございます」

「……御通しなさい」

障子戸の奥から幽成周の声が聞こえた。尚郭威は座布団に座った。侍女が障子戸をしめた。

「ご心配をおかけし、申しわけございません」

幽成周は両手をつき、深く頭をさげた。

「尚申はそなたの中に生きておる」と尚郭威は云った。声が強ばった。「そなたが悲しむと、尚申も悲しむ」

幽成周は顔をあげた。

「私は悲しんではおりません」

「生き残った者には、死んだ者がやり残したものをやりとげる使命がある」

「わかります。私も何の理由もなく、生き残ったのではございません……お酒を準備いたしました」

幽成周は静かに立ち上がり、床の間から酒器を運んできた。

「わしは下午（午後）の行務がある。すぐ、おいとまねばならぬ」

幽成周は尚郭威の正面に座った。

「おつぎしてもよろしいでしょうか」

酒器を持った幽成周の手は細く、白い。中指に黄金美指輪をはめている。尚郭威は螺鈿が施された銀の盃をとった。幽成周はゆっくり注いだ。尚郭威は一気にのみほし、立ちあがりかけた。幽成周はすかさず、酒器の口をさしだした。

「何度も同じ夢を見るのです」

幽成周は泡盛を注ぎながら云った。「尚申が私の首を抱えていて、手招きをするのです。首のない私は手探りをしながら、近づこうとするのですが、すぐに足がこわばり、進めなくなるのです」

「閉じこもってばかりいるから、恐ろしい夢を見るのだ。これからは、中生殿が導いてくれる」

「子供は子供。女というものは、首から上のない人間と同じ。本当に惨めなものでございます。このような惨めな顔を尚郭威様以外の誰にも見せられません」

「……身近なものを亡くすというのは人の常、世の常。何を恥じる必要があろう」

「十八の時に四十九の尚申に嫁ぎ、中生を産み、今、二十九の時に六十の尚申を亡くし、……私は恥じてはおりません。無性に悔しいのです」

幽成周は哀願するように尚郭威を見あげた。「あなた様が私の心をうけいれてくださるのなら、何の迷いもなく死ねます」

「そなたには中生殿を王位につける義務がある。迷うとか死ぬとか何を言う」

尚郭威は杯の泡盛を呑み乾し、立ちあがった。幽成周は尚郭威の白紗綾の朝帕装束の裾を握った。

「次の国王は中生ではありません。あなた様です」

「……何を言う」

尚郭威は幽成周を振り払い、障子戸をあけ、たちふさがった若い待女を押し退けるように足早に廊下を去った。


石畳道に落ちている内郭の影は薄く、輪郭もぼんやりとしている。尚郭威は石段をあがった。石門の上にのっている木造櫓から枯葉が落ちた。丘の上にある首里城にまっさきに秋の気配が忍び寄っていた。尚郭威は城壁の上に立ちつくした。薄い黄色の陽が畑にも川にも農夫や子供にも西の海にも弁が岳にも豊かに降り注いでいた。幽成周が自分を王位に即かせようとあらゆる派閥の重臣に密かに会い、大金を握らせ、また新しい組閣の上位を約束した、という噂は、真実だと尚郭威は信じた。朝議の時の重臣たちの自分を見る目、自分に言う言葉、何かが違う、明らかに違う。

尚郭威はこの一月あまり幽成周の青白い顔と冷たい小さな笑いが思い浮かび、政務も会義もうわのそらだった。神経がまいる気がし、会い、真意をききたい、と何日も思った。ようやく、昨日、老侍女に意向を伝えさせた。石段を降りた。尚郭威は待合場所を門番詰所から遠い西のはずれの城壁を選んだ。

鐘楼の脇に幽成周が立っていた。明（中国）からもたらされた、紫色に彩色された藍衣を着、豊かな黒髪には鳳凰型黄金簪をさしている。尚郭威は城壁の陰に寄った。幽成周が静かに近づいてきた。

「世子が王位を継ぐのは神代の昔からの慣わし。申生以外に誰も考えてはならない」

尚郭威は、ためらうと言えなくなる予感がし、すぐに言った。

「王統は今非常に不安定、多難でございます」

幽成周は静かに言った。

「わしらが補佐する。そもそもいつの世も政《まつりごと》の実務は王がおこなうものではない」

「あなた様は知恵、人生体験とも天下に並ぶものがいないお方。あなた様が天寿を全うなされた時に、私は申生を考えます」

「尚申が王位に即いたのは、尚衛久殿の信任が厚かったため。謀略を策したのではない」

「……佐敷御殿はまだ喪も明けやらぬ身のはず、このように誰にもはばからず出歩かれるのは不謹慎ではござらぬか、という臣下もございました。だが、私は、死者の儀式より生きた民を考えるのが重臣の本分ではござらぬか、と言い返しました」

城壁に沿い秋風が通りぬけ、舞い上がった枯葉が石畳の道に落ち、駆け回った。幽成周は藍衣の裾を押さえた。白い、滑らかな手が妙に艶かしく尚郭威の目に映った。

「私はあなた様に何ができましょう。ただ、一つ、あなた様が王座に座られているお姿を想像できるだけなのです」

「……」

「あなた様の人徳は尚申も尚衛久様も凌駕なされています。……あなた様もご存じのはず」

「不遜な考えだ」

「私はこの眠れぬ何週間もの間、考えに考えぬき、三司官や重臣などの諸官に要請し続けているのです」

「臣下は聡明な連中。誰も入れ知恵をしなくとも、立派に次期の王を選定するだろう」

「臣下が派閥の争いに明け暮れているのは城内の自明の理。あなた様が勇気をお示しにならないのなら、内紛に発展しかねません」

「……」

「なぜご自分を誤魔化しになられるのでしょう。なぜ私の余生のすべてをわかろうとなさらないのでしょう」

「そなたは悪夢を見ている」

「このような至上の夢がまたとありましょうか」

「そなたとわたしは二人きりになってはならない。わしが謀略を策しているといらぬ勘繰りをされる」

「男と女が会い、語らうのは古の昔から変わりません。あなた様は何を逡巡していらっしゃるのでしょうか」

「今は国王が不在の大事な時。男と女だからこそ、逡巡もしなければならない」

「あなた様も私も身は潔白。この世は潔白も恥じねばならないのですか」

「わしは高官を交え、次の国王を一日も早く即位させるために身を砕きたい。この事をよく肝にめいじていただきたい。では、失礼する」

尚郭威は歩きだした。幽成周は小走りに尚郭威の前に出、顔をあげ、見つめた。

「祝女《のろ》にもすでにお伺いをたて、あなた様の神託を受けております」

尚郭威は黙ったまま歩き続けた。石畳道に草履が鳴った。

「人知の及ぶものではありません。天啓です」

幽成周は懸命についてきた。

「人目につくから遠慮願いたい」

尚郭威は振り返った。幽成周は小さく息をきらしている。

「わしにかまうな」と尚郭威は云い、足早に歩きだした。

「国相（王相）、三司官には私がお話し申しあげます」

幽成周は立ちどまった。尚郭威は足をとめず、石作りの楕円形の小さな門をくぐり、去った。


秋風に舞うような細かい粒の雨が降っている。ほのかに濡れた石畳道を尚郭威は歩き続けた。望楼に登った。雨は靄のように下界に降り注いでいる。弁が岳は霞み、芋や粟の畑はくすみ、ぼんやりとうかぶ農夫たちはゆっくりと動いている。端泉門をくぐり、石段を降りた。脇の龍樋（湧き水）に寄り、両手をさしだし、流れ落ちる水をすくい、呑んだ。妻の白い手をふと思い出した。一年前の真夏、妻が手にすくった水は非常に冷たかった。

雨は夜、しだいに強くなり、数日降り続き、やんだ。急に、風が冷たくなった。

朝、尚郭威は北殿に登庁した。奥の別室には絹芭蕉衣の礼服を着た国相と三司官が幽成周と顔を背けるように座っている。尚郭威はおのおのの人物から等距離に座った。

三司官は二人しか出席していなかった。

「すぐに参朝せねばならぬから、率直に申し上げる」

顎がはり、目の光の鋭い国相が尚郭威に顔だけ向けた。髪に獅子頭型金簪をさしている。「佐敷御殿が次期国王に貴殿を推薦なされている」

「……ご存じでしたか」

最も年の若い、細面の顔の三司官が聞いた。黒々とした豊かな髪に覆盆子型黄金簪をさしている。尚郭威は幽成周を見た。幽成周は少し横向きに畳を見つめている。

「いかがですかな」

若い三司官が促した。尚郭威は小さくうなづいた。

「どのようにお考えなされている」

白い顎鬚をたくわえた老三司官が聞いた。

「世子が王位を継ぐのは古からの慣わし。逆らうと天罰がくだるだろう」

尚郭威は腕組みをした。

「貴殿の本心とうけとり、内外に表明してもよろしいのですな」

若い三司官が尚郭威の目の色の変化をさぐった。

「天罰の前にまず現実を見据えなければなりますまい。時世は表面には現われぬが、まさに戦乱の世だ」

国相が身をのりだした。「周囲を冷静に見回してくだされ。尚郭威殿のたしかな目をわしは昔から信じている」

「申生殿はすでに十二歳。立派な大人。この場になぜお呼びなさらなかったか、わしは納得がいかない」

若い三司宮が国相に云い、尚郭戒を見た。

「屍を重ね、つい先代に平定したのだ。貴殿が王位に即かれたら、無益な血は流さずともすむ」と国相が云った。

「尚郭威殿はご自分の即位に反対なされている。見上げた正義の精神をもたれている。なぜに諸氏は無用の混乱をひきずりこもうとなさる」

若い三司官がひとりびとりの顔を見回した。幽成周が顔をあげ、尚郭威を見た。

「申生が未熟なのは母である私が誰よりもよく知っております。形式や因習に囚われ、国家を滅ぼすおろかしさを犯してもいいのでしょうか」

「では、あなたから申生殿に真意をお話しなされ」と若い三司宮が云った。

「私が邪な考えをしているとおっしゃるのですか」と幽成周が若い三司官を睨んだ。

「わしはこの会義に申生殿を出席させるよう何度も要請した。だが、あなたはこの何日か申生殿を自宅に監禁した。なにか特別に理由がおありか」

幽成周は若い三司宮を睨んだまま何も云わない。

「どうか、申生殿にだけは何も隠さず、寸分も曲げずに心を明かしていただきたい」

「国相殿」

幽成周が妙に静かに云った。「この三司官殿を自宅謹慎させなさい」

国相は老三司官と顔をみあわせた。

「尚申王亡き後は国のため、民のため、わしと三人の三司官に統治の権限が与えられております」

「私は尚申の妻、また、このお若い三司官殿が次期国王に推薦されている申生の母親なのです」

「三司官というものは古くから向《しょう》、毛、馬、翁の四大名家の世襲。国王以外に三司官の一人を自宅謹慎させる権限は前例が」

「お黙りなさい」

幽成周は立ち上がり、国相を見下ろした。

「どうしても聞き入れないのなら、私は申生を切り、自害します」

若い三司官が立ち上がった。国相が呼び止めた。若い三司官は振り向かずに障子戸をあけ、部屋を出た。

四人は壁を見つめ、畳に目を落とし、黙った。

「……尚郭威殿」

幽成周が傍らの老三司官の刀を抜き取り、前に突き出した。「この国家危急の際、いたずらに誤らせたりする者は私が切ります」

老三司官が立ちあがり、幽成周の強く握っている刀を奪った。

「……貴殿が国王に即く何のいわれもないと考えられるのなら、娘君の長衛殿を申生殿に嫁がせてはいかがかな」と国相が云った。尚郭威は身動きしなかった。国相は幽成周を向いた。

「異存はありません」

「尚郭威殿は？」

「……」

「国家を乱してはならぬ。支配を強固にしなければならぬ。血のつながり以上に強固なものはござらん。申生殿もすでに十二歳、妻帯しても早くはござらん。ましてや、長衛殿は十八歳、このような釣合はどこにもござらん」

「……私が申生に云います」

幽成周が哀願するように尚郭威を見つめた。「どうか、あなた様も長衛様に一言おっしゃってくださいませ」

「二人は幼なじみの仲。恋をする、婚縁するというのは二人の間に自然と生じるもの。大の大人がやきもきするものでもありますまい」

尚郭威はまた腕組みをした。

「おふたりが立場上気をつかわれるのなら、わしらが段取りをととのえよう」と老三司官が云った。


尚申七年（西暦一四七六年）陰暦九月の中旬、首里城下の村々の畑には茄子、葱、豆などが蒔かれ、糸瓜が実った。尚郭威は執務に没頭しようと正殿二階の大庫理《ウフグィ》にこもった。だが、何も手につかなかった。

三日前に、尚郭威様のご即位が決定した、という伝言を幽成周の侍女から受けた。幽成周に直接会うべきか、迷った。さらに三日が過ぎた。しだいに尚郭威の頭の中には三司官とともに組閣に悩む自分の姿や、朝拝などの諸儀礼の時、何十人もの重鎮から深い礼を受けている自分の姿や、宗廟に先頭になり参詣している自分の姿が浮かんだりした。両親を失った五歳のわしを十五歳年上のたった一人の兄人・尚申が庇護した。九歳の時、尚申に連れられ、伊是名島から国頭に渡り、また、首里に行き、越来《ごえく》王子・尚衛久に仕え急速に出世した尚申の偉功がわしにもおよんだ。だが、同時に、（妻だけは自分が探し、尚申の反対を押し切り、めとったが）青春も小さな恋も何もかも奪われた。

　高い石垣に挟まれた狭い石畳道は秋風がしきりに吹きぬけ、肌寒かった。足元に落ちていた赤木の病葉がふわっと舞いあがった。

　ミーニシ（秋風）が立ち、城下の野や山にはすすきの白い穂が咲き広がった。夕暮のひんやりとする風が白い穂の群れを波のように揺らした。久しぶりに登った西の望楼に立ったまま、尚郭威は懐から簪を出した。自分の即位が決定した日から数日間は幽成周の沈黙が妙に恐かったが、しだいに即位後の国家統治の方法や山積している政の問題や国家の方向に専心し、幽成周の影が薄くなった。

　だが、今日、午後の執務を終わり、帰りかけた時、北殿の柱の陰から半身を見せた幽成周の侍女に会釈された。侍女は紫色の絹の包みを開いた。鳳凰型黄金簪が柔らかい秋の日を浴び、光り輝いた。幽成周が長い黒髪からはなさない、このような品を自分が受け取るというのは何のいわれがあるのか、尚郭威はわからなかった。

「年明け早々に聞得大君《きこえおおぎみ》の神声を拝し、とどこおりなく即位式を挙行したい、と申しております」

「……」

「決定したのは城内だけの即位。正式に式を挙行し、天下に即位しなければならないとの仰せでした」

「だが、このような品が国王の即位の時に入り用なら明春渡して欲しい」

尚郭威は包みを差し戻した。侍女は手を出さず、首をゆっくりと左右に振った。

「尚郭威様にお渡しできないと、私の首が落ちます」

今の幽成周なら本当に首をはねかねない、と尚郭威は感じた。

「……なぜ、品を渡したのに、帰ろうとしない」

「尚郭威様から、佐敷御殿とお会いできる日と時刻をかならず頂戴しなければなりません」

「……後日連絡する」

「今でなければいけません」

日がたつにしたがい、不安がつのるような予感がした。国王に内定したのだから、自分の権力が幽成周にも通じるという妙な自信も生じた。

「明日、五つ半（夜九時）、幽成周殿の居室にお伺いすると伝えよ」

尚郭威は暗くなりかけた望楼の柱に背をもたせかけ、手筒を出そうか、と迷った。幽成周に直接会うのは危険な気がした。尚申の後室（未亡人）を唆し、王位を手に入れたと勘繰るものは必ずいる。だが、手筒というものは後に残る。また、自分の意にそぐわない手筒など幽成周は目にもかけないだろう。

尚郭威は二階の書斎の窓から中庭を見下ろした。人間の骨のような白い砂利に琉球松の薄い影が落ちている。顔をあげた。よく登った望楼が近くに見える。望楼からこの屋敷を夜見た時は遠くの闇の中に浮かんでいたのだが……。石造りの門のはるか上に秋の絹雲が浮かび、方々の屋根の朱色の瓦が透き通るようにくっきりと見え、石畳道を行き来する諸官たちの動きも妙にまぢかに迫り、女官たちの草履の音や内緒話がざわめきになり、耳に流れこんでくる。じっとしていると、起きたまま夢を見そうな気がする。

夜になった。老侍女はなぜか不在だった。一人外に出た。西の望楼の上に丸い黄色い月が浮かんでいる。方々の切妻式の黒い屋根の稜線がくっきりと浮かびあがっている。途中、出会った諸官や衛兵や巡兵が恭しく頭を下げ、何も言わなかった。次期国王という伝聞が彼輩（彼ら）を緊張させているにちがいない、と尚郭威は感じた。

石門をくぐり、中庭に出、板階段をあがりかけ、足をとめた。欄干を見た。絹芭蕉布の裾をかるく押さえ、身動きもせずに幽成周が立っている。尚郭威は近づいた。幽成周の繊細な顔は降りそそぐ月の光に濡れ、紅白粉をぬってもいないのに、白く、艶やかだった。

「前に使いに出した侍女はくにがたに帰しました。そなたの態度が尚郭威様の癇にさわり、長い間何のご返事もお聞かせねがえなかった、と強く叱りつけました」

幽成周はじっと尚郭威を見つめた。瞳に月かなにかの光が揺曳しているようにうっすらと輝いていた。

「あの内容にご立腹なされたのですか」

「若干驚いている」

「もうしわけございません」

幽成周は両手をあわせ、深く頭を下げた。

「……顔をあげなさい」

幽成周は甘えるように下から尚郭威の目を見た。

「手筒や進物はご遠慮願いたい」

「……私はさきほどからずっと庭に出ていました。大きな青い月がすぐ顔の前に見えたのです。植木の蘇鉄も、池の水も、赤瓦屋根も青いのです。静かでした。虫の声さえしません。私は一人でした。じっと縁側に座り、月を見ていました。すると、ふいに胸が息苦しくなり、泣きだしました。私は大声で泣いたのですが、声は青い薄い色の中にしみこみ、私にはよくは聞こえませんでした」

「……入ってよろしいか」

尚郭威は立ち尽くしたままだと、ふいに月に迷わされてしまうような気がした。幽成周は障子戸をあけ、導き、背筋をのばし、座った。

「あなた様があの日、戸の向こう側からお声をかけてくださった時、尚申が死に、私が生きかえったのです」

「……」

「でも、私が生きかえったら、あなた様は死んでしまわれると言われるのですか」

「何を言う」

「私は自分を裏切りたくないのです」

「誰も裏切ってはいけない」

尚郭威の声は強ばっている。

「あなた様の生きがいは長衛様ですか」

「子はかわいい」

「子に生きがいをもつのは不遜です。子の生きがいを殺してしまいます」

「……子宝に恵まれなかった尚申がようやく五十になり、そなたに授けてもらった。兄のあの時の感慨は尋常ではなかった」

「尚申に辱められた時の子です」

「なぜ、尚申が生きていた時に言わなかったのだ」

尚郭威は強く云った。

「強大な尚申が生きていた時に私に何ができたというのでしょうか」

「……」

「どうか、後生ですから」

幽成周は身を寄せ、のぞきこむように尚郭威を見つめた。目は情熱に輝いているが、妙に潤んでいる。

「わしとそなたは父子の年の開きがある」

「今、あなた様は男ざかり、私は女ざかり。ちょうど、春咲く李の白い花のように真っ盛りなのです」

「わしには何十年も連れ添った妻がいる」

「何千人もの女を泣かし、何千人もの女を幸せにするのが国王の器量というもの。

……今は秋なのに、庭の白い李の花が私の心を騒がすのです。きっと月の光のせいでしょう。だから、枯れている李の木から、毎晩李の花の香りがこの部屋の中に漂い、私は一睡もできないのです」

「そなたも尚申の妻なら、わしと、国を考えねばならない」

「国が何でしょう。私とあなた様の魂が国よりも大きく膨れあがっているのです」

「国を治めるのはわしの宿命だったのかもしれない。だが、妻以外の女を寵愛する宿命はない」

何を言っているのか、尚郭威はよくわからなかった。

「宿命というものは自分の心のありようです」

「今の世は南に南山、北に北山の残党がこの第二尚氏王統に亀裂が生じるのを虎視眈眈とうかがっている。わしらがどうのこうの、月がどうのこうのと言っている時ではなかろう」

尚郭威は小さく息をついた。一気に言えたのが自分でも不思議だった。

「世の中の流れは世の中の流れ。私の心の動きは私の心の動きなのです」

ふと、尚郭威は幽成周の様子が違っているのに気づいた。目まぐるしく動いていた目は何か見えないものを見ているような静かな色に変わり、よく動いたうす赤い唇は誰かとほほえみあっているかのように、かすかに開いている。尚郭威は視線を畳の上に落とした。

「……あなた様の奥方はすでに五十。子は産めますまい……長衛は娘君です」

尚郭威は顔をあげた。

「あなた様の亡くなられた後、天下の安泰を保証する者がなくて、なんで、あなた様は国造りに邁進できましょう。死に物狂いに築きあげても、とたんに崩れ落ちるというのは無意味ではありませんか。あなた様は無意味に耐えられるお方ではありません」

「……」

「私は尚郭威様のために腹を痛めたいと考えております。十何年も前からずっと考えておりました」

尚郭威の顔色が青ざめ、また、紅潮した。幽成周は瞬きもせず、のりだすように尚郭威の目を見つめ、じっと黙った。尚郭威は息苦しくなり、わけもなく何か言いかけた。叫びに変わろうとする声を押し止めたのは、目の前に迫る、若く、美しい幽成周の目だった。

「わしには妻が、そなたには子がいる」

「妻がなんでしょう。子がなんでしょう。幼児の一つ覚えみたいに……もう、どうか言ってくださいますな」

幽成周は尚郭威の膝に抱きついた。

「あなたと私しかいません」

「見離すと、一生、屈辱がつきまとう」

「屈辱と申されるのですか。子もありながら、妻のおられるあなた様を幾晩も寝ずにお慕いしている女の屈辱がどのようなものか、あなた様には……私自身も知らない私があなた様に会っているのです。嘘偽りのない私の姿なのです」

尚郭威は立ちあがった。後から幽成周が尚郭威の腰にしがみついた。「好きな人の子を産むというのは、女と生まれてきたものの変わらぬ心。何を変えようと言われるのですか」

「心のままには生きてはいけない」

「生きていけないのに、なぜ生きているのでしょう」

「そなたは何を言っているのか、わかっていない」

「このように頭が明断なのは生まれて初めてです」

尚郭威は幽成周の手を無理矢理にほどいた。だが、幽成周は強く抱きついた。尚郭威はまたほどいた。幽成周は畳に倒れこんだ。幽成周は起き上がらず、尚郭威をじっと見つめたまま、帯をはずした。鋭い衣擦れの音がした。尚郭威は思わず振り返り、幽成周が絹芭蕉布の前を開くと、目を背けた。だが、足が膠着し、動かなかった。幽成周は立ちあがった。蝋燭の明かりの中に浮かぶ白い裸身は細身だが、柔かげに盛り上がり、目に見えない薄い絹が全身を覆っているかのように滑らかだった。幽成周は尚郭威の前に回り、裸の体を隠さずに云った。

「あなた様が奥方をお捨てになるなら、私は子の申生を捨てましょう」

「……」

「あなた様が奥方を殺めるのなら、私は申生を殺めましょう」

誰かの意志がのり移ったような、青く潤んだ幽成周の目だった。

「……魔がとりついている」

「あなたの心が私の虜になるのなら、魔にとりつかれるのも本望です」

幽成周はすばやく両手を尚郭威の首にまわし、強く抱きついた。尚郭威は体をよじりながら幽成周を押したが、濡れたように密着した幽成周の裸身は離れなかった。尚郭威は渾身の力をこめ、絡みついている幽成周の両手をはずし、押し退け、障子戸をあけ、裸足のまま、中庭の砂地に降りた。足早に門の方に向かったが、背後から幽成周の砂を踏む小走りの足音が迫り、胸に、月の青い光に染まった白い両手がしがみついた。長い黒髪が尚郭威の首筋を掠めた。月明かりが白い砂地と、幽成周の白い裸身に降り注ぎ、悲鳴のような音が城内中に響く予感が尚郭威の胸中を走った。尚郭威はじっと動かなかった。幽成周は抱きついたまま、前に回り、尚郭威の顔を見上げ、静かに言った。

「私はこのように素裸になり、何もかもさらけだしているのに、あなたはすべてを隠そうとなさるのですか。心のただの一枚も脱いではくださらないのですか」

「わしの女はこの世に一人。変わらぬものは変わらぬ。もうこれ以上言わさないでくれ……」

我慢できないいらだちが尚郭威の胸に湧いた。

「……あなたは、私の肌を見ました。尚申以外見た者は誰もございません」

「尚申に抱かれた女をわしは死んでも抱かない」

「……やっと、本音を申されましたね」

幽成周は尚郭威から体を離した。

「あなたもすでに四十八、死霊がお迎えにくる御年」

幽成周は少し後ずさりしながら、大声を出した。実際は大声ではなかったのだが、尚郭威の耳の奥から怒鳴るように聞こえた。

「あの世では、この世でやり残した未練が未来永劫に続くでしょう。未来永劫に胸を掻きむしられるのです」

「何を言う」

尚郭威は腰の刀に手をかけた。

「あなたには、この世の王になる資格はありません」

「言うな」

「もとはと言えば、私が即けた王の位。あなた一人で何ができましょう。ここまで、登りつめたのもすべてが尚申の恩恵。腑甲斐ない、小心のあなたを誰が琉球国の王と崇めましょう」

尚郭威は思い切り刀を突き出した。一瞬、幽成周が逃げると感じた。だが、鋭く磨かれた刀は柔らかい幽成周の乳房に深々と刺さった。月の青い光に染まった白い肌から湧き出る血はこの世のものとは信じられなかった。

丸い、大きな月はいつのまにか北の外郭の石垣のすぐ上にずれ落ちていた。城壁にも、方々の屋根の瓦にも、琉球松の木にも青い薄い膜が貼りついていた。月の光のとどかない暗がりに女がぼうと浮かび、足早に、しかし静かに近づいてきた。幽成周の死体の傍らに座りこんでいる尚郭威は顔をあげた。目は死んだ猫の目のように憔悴していた。

「今は何もおっしゃってはなりませぬ。ささやいたつもりでも大声になってしまいまする。まず、深く息をお吸いなさいませ」

老侍女に言われるままに、尚郭威は息を吸いこみ、吐いた。

「くりかえしてくだされ」

老侍女は赤ん坊を寝かしつけるように、ゆっくりとささやいた。尚郭威は何度かくりかえした。

「佐敷御殿はご自害なされた。まことにご愁傷様です」

「……幽成周は自害なんかしない」

「女のつらさや苦しみは誰にもわかるものではありませぬ」

「わしが切った」

「佐敷御殿は妻のあられるあなた様に求愛したのです。側室を一人かこわれると、二人になり、三人にならないと我慢できなくなり、無限に女を追い求めざるをえなくなりまする。妻は一人だから絶対なのです」

「切る気はなかった」

ようやく、膠着していた尚郭威の手が弛み、握っていた刀が落ちた。

「あなた様の心の奥には、奥様を守りたい、正義を守りたいという崇高なものが流れていたのです」

「……」

「ひとまず仮埋葬しましょう。時期をみはからい、本葬にします……さあ、お立ちくだされ」

尚郭威は殺した直後からぼんやりと、しかし、じっと見つめていた幽成周の顔から目をそらせた。死に顔が一生こびりつきそうな予感がしたが、震えは走らなかった。生きている時、懸命に自分を慕った幽成周が急に不憫になった。尚郭威は立ちあがり、見下ろした。横向きに寝ている幽成周の白い裸身を月光の薄い膜が包み、かすかに輝いている。今なら、長い黒髪を振り乱しながら、青白い裸身が迫ってきても、わけのわからない恐怖は生じないような気がする。

「頭のほうをお持ちくだされ。妾が足を持ちまする」

老侍女は屈んだ。尚郭威は老侍女を押しのけ、幽成周の体を抱えあげた。柔らかく、まだ、暖かかった。顔は激しく歪んでいるようにも、天真爛漫に笑っているようにも見えた。

「佐敷御殿の居室に運びましょう。血が滴り落ちるといけませぬから、これをまいてくだされ」

侍女は白いうちかけを脱ぎ、幽成周の体にかぶせた。尚郭威が払い落とした。

「この庭から人影を遠ざけました。見た者はございませぬ」

老侍女はうちかけを拾いながら言った。

尚郭威は静かに幽成周の居室に向かった。幽成周がかすかに身動きした感触が腕に伝わった、ような気がした。歩いているうちにしだいに死体が重くなった。

月の光が幽成周を追った。階段を登り、欄干に沿い長い廊下を過る幽成周の滑らかな肉体をまだ青いとばりが覆っている。


居室の板床に裸の幽成周を横たえた。長い廊下を踏む老侍女の足音のほかには何も聞こえない。幽成周を切った時、尚郭威は目を固くつぶっていたような気がする。だから、乳房の肉にくいこんだ刀の、手の感触がいつまでも消えず、指が硬直したり、震えたりする。

障子戸があき、老侍女が入ってきた。

「床板をはずし、穴をお掘りくだされ……何を迷っておられるのです。漏刻門の太鼓が六つ時（午前六時）をうつまでにすべてを終了させねばなりませぬ」

「……」

「名君だった尚申様を裏切るような女一人忘れきれずに、名君になれますでしょうか」

尚郭威は身動きしない。

「即位式がすむまではあなた様は国王ではありませぬ。今、死骸が発見されるとどうなるとお思いです？　あなた様を失脚させようと虎視眈眈と狙っている輩をゆめゆめ忘れてはなりませぬ」

「李の木の下に埋めてやりたい」

「天下晴れて国王になられた時にうつしかえてくだされ。きっと、心安らかに、眠られるでしょう」

「殺された者の心が安らかになんかなるものか」

閉めきった障子戸に何かがぼんやりと浮かんでいる。いつもは闇に紛れる石門の稜線も、琉球松の曲がりくねった黒い小枝も尚郭威の目にはっきりと見えだした。

「……そなたは今日にかぎり、なぜわしをとめなかった」

「妾に何ができましょう。それに、佐敷御殿が死のうが生きようが妾にはどうでもいいのです」

「何を言う。死者への冒涜だ」

「亡くなられたのは奥様でもない女なのに、なぜ、あなた様が悲しまれたり、お怒りになられるのか、妾には不思議です」

「……」

「佐敷御殿は、日頃あなた様が尊敬なさっている兄上を裏切ったのです。当然手打ちにされるべきだったのです」

「……尊敬？　わしは尊敬していたのか」

「さあ、立ちあがってくだされ。どうあがいても戻ってこない女に日夜、一生思い煩わされるのと、日々、琉球国の命運を熟考するのと何がご自分の使命なのか、後によくよくお考えくだされ。今は時がいささかも猶予がありませぬ。立ちあがってくだされ。さあ」

尚郭威は横たわっている幽成周を見た。

「国王になり強い人間になるのです。今、弱気になると、それこそ、廃人になりまする。強者の天下になるか、子孫代々まで廃人の恥をひきずらせるか、今、一瞬のお心ひとつです」

尚郭威はゆっくりと立ちあがった。

尚郭威は板をはずし、床下に降りた。地面から床板までの高さは四尺ぐらいあり、窮屈ではなかった。老侍女は幽成周の死体をひきずった。

「念のために下に降ろしておいてくだされ。板は元どおりに塞いでおきまする」

死体を尚郭威が引き、老侍女が押し、床下に降ろした。

「奥様へは妾が取り計らいます。諸々の始末もとどこおりなくやっておきます。あなた様は一晩中でも穴を掘ってくだされ。明け方までにはすべてを終えなければなりませぬ」

老侍女が床下を覗き込み、言った。首から上だけの顔は皺や染みが覆い、不気味だった。老侍女は尚郭威と幽成周をじっくりと見、床板を閉じた。尚郭威の目の前が真っ暗になった。思わず立ちあがり、床板に頭をうった。座りこんだ。床板の隙間から蝋燭の明かりがしみこむように射していた。しだいに目が慣れた。土は固かった。尚郭威は小刀を突き刺し、土を切り、手ですくいだした。何刻たっただろうか。ふいに幽成周の声がした。尚郭威は振り向いた。ぼうと白く浮かんでいるものは微塵も動く気配はない。だが、耳の奥から声ははっきりと聞こえる。しかし、何と言っているのかわからず、幻影がうかんだ。

「尚申はわしが切った」

自分を見つめる尚申の目は幽成周の目と同じと感じ、尚申に触れるのが怖くなり、つかんでいた尚申の絹芭蕉布の御衣の袖をはなした。尚郭威が抜いた刀が蝋燭の光に触れ、光った。尚申は小さな声ももらさず、人形のように硬直した。首が落ち、血飛沫が飛んだ。

爪が割れ、激しい痛みが走った。だが、尚郭威は固い土に爪を強くさしこんだ。何刻たっただろうか。尚郭或は何十年も昔にもどり、兄・尚申と一緒に畑仕事をしているような気がしてきた。土の香りをかぎ、固い土を戯れにほぐしていると、この惨劇が遠い昔の出来事のように錯覚した。土の香りに眠気を誘われ、疲れが重なり、尚郭威は夢を見た。幽成周が尚郭威の手を引き、尚郭威の屋敷の門まで連れてきた。幽成周とすっかり顔馴染みになっていた剽軽者の若い門番は、おやおや、佐敷御殿、今晩も出てまいりましたね。文をお持ちなら、お届けしましょうか、などと気軽に云う。

尚郭威は悲鳴をあげ、床板を押しのけ、這いあがり、老侍女を呼んだ。廊下に座っている人影が見えた。尚郭威は刀をにぎりしめ、激しく障子をあけた。老侍女がゆっくりと顔だけ振り向けた。鼻や頬のまわりに闇がくっついているせいか、ひどく老い、醜く見えた。

「埋めましたか」

老侍女は声を押し殺し、言った。「……何をなさっているのです。夜があけてしまったらどうするつもりですか」

自分に命令するのはよせ。尚郭威は叫びかけた。

「あなたは、国王に即位する前に申生殿を切らぬばなりませぬ」

老侍女は静かに言った。

「……申生は長衛の婿になる身。何を言うのだ」

「長衛様は申生殿の男の子を産むと、きっとあなた様を切るでしょう」

「……そなたは何を言っているんだ」

「申生殿を切るか、あなたが切られなければ、尚家は分裂し、琉球国はまた戦乱に明け暮れるでしょう」

「……」

「さあ、お立ちあがりくだされ。まずは後始末を完全になさねばなりませぬ」

老侍女は立ち、奥に入り、床板をはずした。

「さあ、お入りくだされ。続けてくだされ」

尚郭威は立ちあがった。たちくらみがした。老侍女の目にいざなわれるように床下に降りた。

月夜の晩がなんともいえなかった。散策をしたり、妻に酒をつがせたり、漢詩を読んだり……些細な書類の決裁もひとまかせにできないせいか、昼間の政務はひどく疲れた。

土は冷たく、また、妙に暖かい。少しずつ土をかけた。幽成周の足首、足、胸、首とゆっくり消えていく。幽成周がすっかり消えた。わずかな土が幽成周を永遠の世界に運んでしまった。新しい自分が生まれた。新しい統治者が生まれた。何回も会議を召集し、熟考し、優秀な側近を人選し、国を巡回し、民の本心を聞き、正義のみの政治理念を日々、信奉し……また、幽成周の墓を造ろう。真っ白い漆喰を塗った、壮大な墓を……。

土をさすった。はっと、思わずのけぞった。右手の指の先に黒い虫が這っている。虫ではなく、五寸ばかりの黒い髪の毛が土の中から出ている。尚郭威は慌てて、土をかけ、床板をはずし、老侍女を呼んだ。老侍女は尚郭威の首のすぐ真正面にひざまずき、座った。尚郭威の首がにたっと笑った。老侍女は薄気味悪くなり、上半身を少し引いた。

「……終わった」

「埋める者は、ほかにもござりまする」

老侍女は静かに言った。

「佐敷御殿を警備する兵も、侍女も、切らねばなりませぬ。重大な役目怠慢、どうせ死罪は免れませぬ。また、あなた様のご即位に反対なされた若い三司官殿も切らねばなりませぬ。……なにより、中生殿を切らねばなりませぬ」

「……何を言っているのか、わかっているのか」

尚郭威の首は顎をせいいっぱいにあげた。

「もともと中生殿と長衛様をむすびつけたのは佐敷御殿。あなた様の意志ではありませぬ……切る時期は妾がお伝えします」

「……」

「埋めおわられたのなら、さあ、おあがりくだされ」

尚郭威は床に這いあがった。

「しばらく、ここに座っていてくだされ。気がたかぶっているかもしれませぬ。奥様に怪しまれまする」

「怪しまれたら、話す」

「奥様は心が乱れまする。乱れますと、ご自分でもわからない言動にでるのです」

「……わしは一体何を守ったんだ。わしは一生妻を愛せなくなった。背中に死んだ女を背負ってしまった」

「なぜ背負う必要がありましょう。奥様があなた様の愛情をひとりじめになさるのはあたりまえの話。何を言われているのでしょう」

「人殺しだ」

「奥様のためにあなた様は人を殺めたのです。奥様はお喜びになりまする」

「妻を鬼にするな」

「鬼に？　妾がですか」

「……床下にいる間に何度も幻をみた」

「心に油断が生じているのです。あなた様は人を殺めた、これは事実です。では、何のために？　これをはっきりと自覚しなければなりませぬ。自分自身に言いきかせなければなりませぬ」

「即位式を早めよ。来月早々に挙行せよ」

尚郭威は叫んだ。

「君手摩《きみてずり》の神が出現しなければなりませぬ。国王の一代に一度出現する神のおもろのお告げを聞かねばなりませぬ。今は試練の時だとお考えくだされ」

「幽成周が、わしが国王になるのを疎ましく思っているような気がするのだ」

「死人に何ができましょう。何より恐ろしいのは生者。まっさきに、申生殿」

「申生の名を出すな」

老侍女は立ちあがった。

「妾は廊下を見張りまする。あなた様は、何も考えず、心をお鎮めくだされ」

老侍女が障子戸をあけた時、庭の月の光が見えた。

高窓の障子が青く陰っている。尚郭威は息苦しくなり、何度も大きく溜息をついた。

床板を下からたたく音を聞いたような気がした。だが、月の明かりが滴る音さえ聞こえるような静かな夜だが、何も聞こえない。床下に幽成周が端正に座っている。幽影だ、とわしにはわかる。だが、日々にこの幻影は強くなるだろう。もがき苦しんでいる、土の中の幽成周の顔がはっきり見えたりもする。

尚郭威は刀を持ち、立ち上がった。障子戸をあけた。青い色が迫った。老侍女がふりむいた。

「妻に何もかもうちあける」

「病弱な奥様は気がふれてしまわれます」

「妻の気がふれないように、わしは幽成周を切ったのだ」

「あなた様の心が佐敷御殿を訪ねられたのがなにもかものはじまり」

「……わしを操ったのか」

「妾ごときに、そのようなだいそれた……」

「黙れ」

尚郭威は裸足のまま庭に降りた。老侍女は尚郭威に追いついた。

「あの時、奥様が反対なされたのです。妾どもの忠告にあの時、耳をかたむけられておられたのなら、このような惨事には……」

尚郭威は刀を抜き、振り向いた。

「妾がなにもかもをおおいかくしているのです。妾が殺されるとすべてが公に……」

「わしを言いなりにしようとするな」

尚郭威は老侍女の痩せた首におもいきり刀をふりおろした。手元が狂い、首は落ちなかった。老侍女は崩れるように倒れ、月の明かりに染まった血が流れ出たが、すぐには死ななかった。赤木の枝葉を鳴らす風もなく、どこから聞こえたのか、月の青い光に濡れた石畳道を踏む女の弱々しい草履の音が尚郭威の耳の奥に溜まった。尚郭威の心にふいに恐ろしい疑念が湧いた。老侍女の見開いた目が何か言いかけた。尚郭威は刀を落とし、耳をふさいだ。だが、すぐ、しゃがんだ。躊躇できない。すぐにも死んでしまう。尚郭威は老侍女の首の、血の湧き出る傷口に手をあてた。老侍女の目は白目がちになり、動かなかった。

「……妻は何もかも知っていたのか」

老侍女の口は半開きになり、顎も顔も動かない。

「誰がおまえを操ったのか……おまえはまもなく死ぬ身。嘘をつかずに話してくれ」

老侍女の首の動脈の動きが止まった。

初出一覧

①海は蒼く（新沖縄文学30号　1975年）（第一回新沖縄文学賞佳作）
②カーニバル闘牛大会（琉球新報紙面　1976年）（第四回琉球新報短編小説賞受賞）
③ジョージが射殺した猪（九州文化協会作品集　1977年）（第八回九州芸術祭文学賞受賞）
④猫太郎と犬次郎（江古田文学　2014年）
⑤努の歌声（季刊文化68　2016年　烏影社）
⑥テント集落奇譚（文學界　2009年）
⑦尚郭威（琉球新報連載　1990年）

あとがき

初期の三作「海は蒼く」「カーニバル闘牛大会」「ジョージが射殺した猪」を書かずにいられない何かが迫っていたのでしょうか。昭和五〇年代前半、何が創作欲に火をつけたのか、いまだにはっきりしませんが、一年間の入院も影響したと思われます。肺結核が少年のころの非常に感銘深い体験を呼び起こしました。

処女作「海は蒼く」は何の魂胆もなく、情熱の赴くままに書きました。小説作法を知らず、文学を語る友人もなく、ただ無我夢中になり感情や思索を原稿用紙に書きつけました。（今は、自分でも驚くのですが）時間は朝に始まり夕方に終わる。舞台は海に浮かぶサバニ。登場人物は（名前も与えられていない）女子大生と老漁師。出来事らしい出来事は皆無。背景は女子大生も老漁師も不明。私の小説は（今もほとんど変化はありませんが）ポーのように書く前に綿密な設計をせず、ある詩人肌の作家のようにインスピレーションのなすがままに書くわけでもなく、少年のころの体中にしみこんだ体験が何かをきっかけに変容し、形づくられたように思えます。

少年のころの簡単な鮒釣りに始まり、何十年もの間多種多様な釣りをした後、老境に差し掛かったころ、簡単な鮒釣りに戻る。（最近思うのですが）古希を迎えた私は今後「海は蒼く」のような作風に戻るのでしょうか。

家の近くのキャンプ・キンザーは東洋一の米軍補給基地でした。少年のころ、小はボールペン、大はミサイルなど何でもあるという噂が広まっていました。午後四時ごろゲートが開き、米兵や軍雇用員が大挙集落に流れてきました。あの頃の集落はアメリカという世界の最先端の世界でした。同時に貧しい農村でもありました。超近代と前近代がごっちゃになっていました。例えば米兵相手の豪華なバーやレストランのすぐ裏では豚が飼われていました。また集落は戦前、沖縄一ともいわれた闘牛場があり、沖縄本島北部や離島からも大勢の人が闘牛見物に訪れました。一方、米軍基地内ではアメリカ独立記念日（七月四日）前後に毎年カーニバルがありました。このような原風景から「カーニバル闘牛大会」は生まれました。

ベトナム戦争の狂気が沖縄の米軍基地の兵士を襲いました。わけの分からない不条理な、凶悪な事件が頻発しました。電柱にしがみつき、ベースに帰りたくないと泣き叫ぶ米兵がいました。道に寝ている酔いつぶれた米兵を真夏の日が直射しました。民家の豚小屋の柵を壊し、糞まみれになりながら豚を逃がし、「フリー、フリー」と叫びながら拳を突き上げる米兵もいました。なぜ突然怒り出すのか、急に泣き叫ぶのか、わかりませんでした。風船が今にも破裂するような状況下、一九五十年代、沖縄本島中部か北部か、よく覚えていませんが、ある事件が起きました。米兵が農婦を射殺したのです。猪と間違えたというのです。

平和なときには「戦争」も書けるが、戦争になると「平和」は書けません。沖縄の場合は「御嶽（ウタキ）」「ユタ」「方言」「ユイマール（共同体）」なども書けなくなると思われます。私は、小説がいつまでも「戦争」をかけるように切に願っています。軍事国家になると「ジョージが射殺した猪」のような小説は抹殺されます。

私の唯一のエッセイ集「時空を超えた沖縄」（燦葉出版社）の表紙画を我如古彰一さんが描いてくれました。彼が今回手掛けた表紙画から「ジョージという存在」が強く迫ってきます。

浦添市立図書館の新里　彩さん、栗野慎一郎さんには収録作品の探索、整理等ご協力いただきました。

お三方に心から感謝いたします。

最後になりましたが、一文字一文字読者の心に刻むように短編小説集を編んでいただいた白井隆之さんに厚く御礼申し上げます。

「著者略歴」又吉栄喜

1947年、沖縄・浦添村（現浦添市）生まれ。琉球大学法文学部史学科卒業。1975年、「海は蒼く」で新沖縄文学賞佳作。1976年、「カーニバル闘牛大会」で琉球新報短篇小説賞受賞。1977年、「ジョージが射殺した猪」で九州芸術祭文化賞最優秀賞受賞。1980年、「ギンネム屋敷」ですばる文学賞受賞。1996年、「豚の報い」で第114回芥川賞受賞。著書に「豚の報い」「果報は海から」「波の上のマリア」「海の微睡み」「呼び寄せる島」「漁師と歌姫」「仏陀の小石」など。南日本文学賞、琉球新報短篇小説賞、新沖縄文学賞、九州芸術祭文学賞などの選考委員を務める。2015年に初のエッセイ集「時空を超えた沖縄」燦葉出版社を刊行。映画化作品／「豚の報い」（崔洋一監督）「波の上のマリア」（宮本亜門監督「ビート」原作）翻訳作品／フランス、イタリア、アメリカ、中国、韓国、ポーランドなどで「人骨展示館」「果報は海から」「豚の報い」「ギンネム屋敷」等

カバー画：我如古彰一

ジョージが射殺した猪

（検印省略）

2019年6月23日　初版第1刷発行

著　者　又　吉　栄　喜
発行者　白　井　隆　之

発行所　燦葉出版社　東京都中央区日本橋本町4-2-11
電　話　03（3241）0049　〒103-0023
ＦＡＸ　03（3241）2269
http://www.nexftp.com/40th.over/sanyo.htm
印刷所　㈱ミツワ